さよなら、運命の人《アルファ》

DAIZU
KONAKA

小中大豆

CHOCOLAT
BUNKO

ILLUSTRATION yoco

CONTENTS

一・祈り

欧州の中心、フランス最大の都市《コミューン》パリは、花の都にして、あらゆる矛盾を抱える街だ。粗野にして洗練、退廃で健全、停滞しつつ進展している。矛盾を熱量に、華やかな新しい文化を生み続けている。

たとえば「赤い風車《ムーラン・ルージュ》」、「黒猫《シャ・ノワール》」。数々のキャバレーは多くの文化人を魅了し、新たな音楽や絵画を作り出す。学生街《カルチェ・ラタン》では学生たちがカフェで熱い芸術の論議を交わしている。

良き街、良き時代《ベル・エポック》だ。そんなことはないと、反論したい者もまた、多くいるのだろうが――。

少なくとも、レオン・アーレンスはこの街が気に入っている。

この時代に生まれ、この土地に流れ着いたのは幸運だった。

ここでは女も、そして一部の男たちも、少なくともレオンの故郷よりはずっと自由に息ができるのだから。

「お客様にきっとお似合いだと思いますよ。私も色違いで同じものを穿《は》いていますが、ドレスに見えて下はズボンなんです」

レオンは客の前でくるりと回った後、ゆったりしたズボンの裾をつまんで見せた。

「確かに素敵だけど。ちょっと奇抜だよね？」

目の前に広げられた色違いのドレスズボンから目を離さず、青年が気づかわしそうに言った。青年はこれが気に入っている。

彼が気がかりなのは、後ろのカウチに座っている婚約者の反応だろう。でも、青年の婚約者だという男は、この服のデザインをさほど奇抜だとは思っていないようだった。

「いいんじゃないか。彼が身につけてる黒色は少し重く見えるが、こっちの白い方は軽やかで初々しい」

「美しい花嫁様にぴったりですね」

レオンがにこやかに言葉を添えると、婚約者の男は誇らしげにうなずいた。美しい花嫁、と形容された青年は恥ずかしそうに顔を赤らめる。

「でもこのズボンに合わせると、今のその首輪は少し、重たく見えるかもしれませんね。こちらはどうです？　プラチナです」

服が決まったところで、レオンは素早く部屋の隅のチェストから、首輪を出して勧めた。

「わあ、綺麗！」

「見事な細工だな」

花と葉のリースを模した精緻な白金の細工に、二人は目を瞠《みは》る。

美しく繊細な白金細工には高度な技術が必要で、その分、値段も目が飛び出るほど高い。でも今、この二人にとっては些末《さまつ》なことだろう。

結婚を祝う晩餐会、そのための衣装だ。愛し合う二人は浮かれている。婚約者の男は大金持ちで、おまけに美しい青年に首ったけだった。

大抵、男も女もレオンを前にすると、恋人そっちのけでレオンの美貌に目を奪われるものだ。白く滑らかな肌に、絶妙に配置された目鼻、灰がかった碧色の瞳は目尻が切れ上がって艶《なま》めかしい。

金糸のような髪を肩まで伸ばし、しなやかで均整の取れた細身の長身は、男性とも女性ともつかない、優美なラインを描いていた。

客は皆、レオンの美しい容姿、洗練された仕草に魅入られる。

レオンの魔力が効かないのは、心から愛し合っている者たちだけ……そう、目の前の二人のように。

お互いしか見えていない彼らが微笑ましく、それに少し羨ましい。

とはいえ今は仕事中、これは商売で、レオンの腕の見せ所でもある。

「モチーフの花はスズラン、花言葉は純潔です。美しく清らかなオメガの花嫁に、相応しい首輪ではないでしょうか」

レオンが「清らかなオメガ」を強調すると、二人は気恥ずかしそうに顔を見合わせた。それから婚約者の男が、満足そうにうなずく。

「こちらも、いただこう」

男の言葉に、レオンは艶《つや》やかな微笑みを貼りつけて「ありがとうございます」と、控えめなお辞儀をした。

三区と四区にまたがる服飾の街、中でも『Ａ・Ω《アルファ・オメガ》』は、とりわけ新しいファッションを提供する服飾店で、レオンはその店のマヌカンだ。

六年前、十九歳でドイツから入国し、一時は酒場のピアノ弾きをしていた。

酒場のピアノ弾きにマヌカン、どちらも学生時代の自分が聞いたら、絶対に信じないだろう。故郷の母は今のレオンを見て卒倒するかもしれない。まあ、母とは二度と会うこともないだろうが。

ドイツ帝国貴族の子息で、ギムナジウムの優等生。清廉にして生真面目なオメガ。

貴族の令嬢と同じく、家の奥に大事にしまわれるべきオメガの令息が、家の没落と共に流転《るてん》していく。

まるで三文芝居だ。自分の半生を綴《つづ》って出版社に送ったら、本になるかもしれない。

店の奥、マヌカンたちの控室で煙草《たばこ》をくゆらせながら、レオンはらちもないことを考えた。

「ちょっと店長。聞いてよ！」

そこへ同じマヌカンのジャンが、けたたましくドアを開けて現れた。

ジャンはこの店で、レオンに次ぐ人気のマヌカンだ。まだ二十歳で、顔立ちに少年の名残りがあり、表情がくるくる変わって可愛らしい。

服を見立てるセンスもあるので、客からも信頼されている。ただ少し、立ち居振る舞いが乱暴なのが玉に瑕《きず》だった。

「音を立てて扉を開けるなと、その鳥頭《とりあたま》に何度言い聞かせたらわかるんだろうな？　百ぺんは言ってるはずなんだが」

煙草をくわえたまま言って、レオンはじろりと相手を睨む。けれどジャンは、少しもこたえた様子がなかった。

「マヌカンは猫のように静かに、優雅にしなやかに、でしょ」

わかってるよと、ジャンが肩をすくめた。レオンの方がいくつも年上なのに、どうも舐められている気がしてならない。懐かれていると、好意的に取るべきだろうか。

「お客様の前ではちゃんとしてるよ。それよりさあ、聞いてよ！　さっき閉店間際に、酔っ払いが入って来たんだ。僕を見るなり、一晩いくらだって。マヌカンはそういう職業じゃないっていうのにさ」

ジャンが憤る。なるほどね、とレオンも彼の憤りに納得した。

マヌカンは、衣服や装飾品を売る店の販売員だ。

自らの感性で選んだ服や装飾品を身につけ、顧客に提案する。常に最先端の感性が必要とされる仕事だ。

マヌカンを置く店の多くは売り上げによって報酬を出しているから、優秀なマヌカンともなると、下っ端の役人よりよほど稼ぐ。

マヌカンたちは頭の回転が速く容姿に優れているとされ、パリでも人々の憧れ、花形の職業だった。

けれどこの一、二年の間に、そうした人々の憧れを逆手に取る者が現れた。

マヌカンを置けば客が入る。安易に考えた商売人が、ちょっと見た目がいいだけのモードの知識もない娘や若者を店に置き始めた。

しかも最近になって、娼婦を「マヌカン」と呼ばせる娼館まで現れている。表向きは服飾店を装い、客が合言葉を言うと奥に通されるという仕組みだ。

以前は憧れの代名詞だったマヌカンという職業が、このところ急速に価値を失っているのを、レオンも肌身で感じている。

「トマは何をしてた」

この場にいない用心棒の名を出すと、ジャンはトマをかばうように「彼はすぐ来てくれたよ」と言った。

「さっさと迷惑客を追い出してくれた。閉店作業は俺がやるから、店長に報告してこいって。頼りになるよね」

「おい。手を出すなよ。真面目で信用できる用心棒は、オメガのマヌカンより貴重なんだからな」

うっとりするジャンに釘をさすと、「わかってるよ」と、唇を尖らせる。

「トマはベータでしょ。僕はお金持ちのアルファに見初められて結婚するために、この店で働いてるんだもん」

「お前の夢はどうでもいい。客に何かされたわけじゃないんだな？」

「平気だって。トマがすぐ来てくれたんだから」

過保護な兄貴分に呆れるように言った後、ジャンは何を思ったか、クスクス笑った。

「なんだ」

「レオンてさ、ぶっきらぼうでやさぐれてるのに、実は真面目で優しいよね」

予想外の言葉に、つい眉をひそめてしまった。何を言ってるんだ、という顔をすると、ジャンは面白がるように、今度はニヤニヤ笑う。

「すごく照れ屋だし。ねえ、レオンが元貴族だって本当？　オーナーと同級生で、学生時代からの恋人で、今は愛人だって」

「誰が噂してるんだ。前半は本当だが、後半は嘘っぱちだな」

別に、出自を隠しているわけじゃない。正直に答えたのに、ジャンは悪ふざけする。

「やっぱり。オーナーと恋人だったんだ！」

「違う。やめろ。あいつの奥方の耳に入ったら、こっちまで絞められる。オーナーとは何もないよ。異郷の地で困窮してたのを助けてもらったんだ。あいつは恩人だ。オメガなんてどこに行っても、一人じゃ生きづらいからな」

お前もそうだろう、というように、レオンはジャンの顔を見る。彼も思うところがあったのか、「そっか」とつぶやいてそれきり茶化《ちゃか》すことはなかった。

オメガは生きづらい。番を持たないオメガなんて、幼い子供と同じくらい寄る辺がない。だからレオンもジャンも、この『A・Ω』で働けて幸運だった。

「もう帰りな。外が暗くなってるから、トマに送ってもらえ」

うん、と、小さな子供みたいに、ジャンは素直にうなずいた。キャビネットから自分の荷物を取ると、思い出したようにこちらを振り返る。

「あ、僕、明後日くらいから発情期かも」

「それじゃ、明日から休みだ。今日帰りに、食糧も買い込んでおけ。薬は足りてるか」

「うん、大丈夫。ありがと。……ねえ、レオンは？　ずっと休んでないけど、平気？」

レオンは、紫煙《しえん》を吐きながらふわりと笑った。

「ああ、心配ないよ。俺は軽い方なんだ。抑制剤をきちんと飲んでいれば、症状はかなり抑えられる。……ありがとうな」

言うと、ジャンはくすぐったそうに首をすくめて部屋を出て行った。

扉の向こうで、ジャンとトマの話し声がする。トマはボソボソ喋るのでよく聞こえないが、ジャンの声ははしゃいでいて嬉しそうだ。

二人の声が消え、煙草を根元まで吸い終えると、レオンは椅子から立ち上がった。

鍵を持って店へ行き、表の扉から裏の通用口、窓の一つ一つに戸締りをして回る。

店では高額の商品を扱っている。厳重な戸締りをしているが、どれだけ用心しても足りない気がしてならない。

実は真面目、というジャンの言葉を思い出し、うっそり笑った。

昔に比べれば、自分はずいぶん変わったつもりだ。もう生真面目なだけの男ではなく、平気で嘘をつくし、生きるために思ってもいないことも言う。

変わったつもり、過去の自分はすべて故郷に置いてきたつもりなのに、ふとした拍子に思い知らされる。

自分はちっとも変わっていない。過去も忘れられていない。発情期、うずうずとした感覚に見舞われるたび、淡い恋心を思い出す。

昔、恋をしていた。この男に抱かれたいと思っていた。

彼が伴侶にならないのなら、誰とも番わなくていいと思うほど恋焦がれていて、でもつまらない矜持《きょうじ》だとか、見栄だとかが勝って、それを表に出すのをためらった。

それが良かったのか悪かったのかわからない。ただ、意気地のなかった自分もひっくるめて、何年経っても忘れられない。

あの時、勇気を出して彼に想いを告げていたら、たとえ結果は同じでも、今日まで引きずることはなかったんだろうか。

「今さらだな」

レオンはつぶやいた。我ながら未練たらしくて嫌になる。

「これだから発情期前は嫌なんだ」

戸締りを終えると、控室を出て廊下の奥にある階段を上がった。

一階が店舗と従業員の控室、二階は事務所と得意客のための個室になっている。店の最上階、三階がレオンの住居だ。店を預かる代わりに家賃はなし。かなり古いが、住むのに問題はない。

毎日、住居と店の往復で、休日だってろくに遊ぶこともないけれど、気にならなかった。

食べものと住むところがあり、やり甲斐のある仕事もある。多少わずらわしいことはあっても、誰に遠慮することもなく自分らしく生きることができる。給料もちゃんともらえて、発情期のための薬を買うこともできる。

この環境を与えてくれたオーナー夫婦に感謝していたし、現状に満足している。もうこれ以上、何を望むことがあろう。

日々はおしなべて平穏だった。ほんの時おり、失った恋を夢に見ること以外は。


アルファは始まりで、オメガは終わりなのだという。

アルファ・オメガとは、この世のすべて、永遠、あるいは究極の、という意味だ。昔、神学の授業で教わった。

『A・Ω』の店名は、そうした語源を踏まえ、アルファ、オメガ、ベータ、すべての人々に向けた店、という意味で名付けたのだそうだ。いかにもあの夫婦らしい。

アルファもオメガもベータも、すべて平等だとオーナー夫妻は思っている。

でも、世の中のすべての人がそうではない。人々の感情は複雑だ。

いっそ他の動物のように、人間の性も雄と雌の二つだけなら単純なのに。

アルファ、ベータ、オメガ。

男性にはどういうわけか、この三種類の第二性が存在する。女性にはどうしてないのか、それは神のみぞ知る、だ。

雄の中の雄、英雄の性と言われるアルファと、月のもののように定期的な発情期があり、アルファと交わって子を成すオメガ、そしてそのどちらでもないベータ。

フランスの人口統計は知らないが、故郷のドイツでは、オメガは一割程度、アルファはそれよりやや多いくらいだった。残りの八割近くがベータである。

オメガは発情し、その際に身体から特有の香りを発する。この香りは、近くにいるアルファを発情させる作用がある。ベータや、同じオメガには効かない。

番を持たないオメガはあらゆるアルファを誘惑し、分別を失わせ、しまいには堕落させるのである。

もっとも、「堕落させる」と言っているのはアルファの方だ。レオンたちオメガも、好きで発情しているわけではない。

周期的な身体の不調に耐え、さらに発情中にうっかり近づいたアルファを惑わせないよう、常に気を張っていなければならない。

だからオメガたちは、そういう苦難から逃れるためにアルファと番いたがる。

オメガのうなじの部分には、発情の香りに関わる器官がある。

発情中、アルファがオメガのうなじ部分を噛むと、噛んだアルファにしか発情の香りは効かなくなる。これを番契約と言いう。

番になればそのオメガは、見知らぬアルファを発情させ、襲われる心配はなくなる。番だけに身体を許す、貞淑なオメガとなるわけだ。

オメガは、不自由な生活から脱却するためにアルファと番うことを欲し、そしてまた多くのアルファも、オメガに自分の子を産ませたがった。

アルファとオメガの交配は、高い確率でアルファを産む。男女間での交配より確実だから、英雄《アルファ》の性を欲する支配者階級は特に、オメガと番おうとする。

アルファとオメガ、互いに利害が一致しているが、だからといって立場が対等なわけではなかった。

旧来の欧州社会では、オメガだというだけで忌避される。アルファを誘惑するオメガは、とにかく人間関係がこじれるもとになるからだ。

技術の進歩によって、オメガの発情を抑える抑制剤が開発され、レオンが生まれる頃には一般に普及するようになった。

抑制剤の効果には個人差があるものの、発情期に覚える性的欲求や、アルファを誘惑する匂いをある程度抑えることが可能になっている。

しかし、この抑制剤も前時代からのオメガに対する忌避感を払拭するには至らず、オメガが自立して働きに出るのは、依然として容易なことではない。

だからレオンもフランスに来た当初は、ベータだと偽って働いていた。どうにか酒場のピアノ弾きの仕事にありつき、いつオメガと知られるか恐怖におびえながら過ごした。

ギムナジウム時代の旧友と再会していなければ、レオンの人生はもっとずっと悲惨だっただろう。

オメガでありながら、故郷を出て一人で生きてきた。だから今の平穏がどれだけありがたいか、身に染みてわかっている。

変化など何一つ望んでいない。ずっとこのまま、石くれのように生きていきたい――そう願っていた。

なのにある日、心をかき乱す存在が突然、向こうから現れた。


「ねえ、店長。ちょっと下りてきてくれない」

それは夕刻、閉店間際のことだった。

レオンは終わったばかりの発情期の気だるさを抱えながら、店の二階の事務室で帳簿をつけていた。

そこへ、一階で接客をしていたマヌカンが顔を出した。どうやら店先で何か、面倒が起こったようだ。

「トマは？」

「ちょうど、早上がりの女の子を家まで送ってるとこ。ほら、マリアンの家の近くって物騒だから。けど、どのみちトマじゃないほうがいいかも。面倒くさそうなんだ」

レオンはため息をついて席を立った。インクとペンを片付け、帳簿を鍵のかかる引き出しにしまう。煙草を一本吸っていきたいところだが、そんな暇もなさそうだ。

「どんな種類の面倒だ」

コートかけに吊るしておいた上着を羽織り、戸口の脇の鏡で素早く身だしなみを整える。面倒な相手ほど、こちらはきっちりと隙のない装いが必要だ。

「身なりのいい偉そうな二人組。一人が酔ってて、そいつが面倒なの。とにかく奥に通せってさ。娼館と勘違いしてるみたい」

それを聞いてレオンは、ため息をついた。またこの手の客か。

この店は繁華街にも近いから、近頃ちょくちょく、そうした手合いが訪れる。まっとうな商売をしている身としては、大いに迷惑していた。

「確かに面倒だな。了解。お前は帰り支度をしな」

ポンとマヌカンの肩を叩いて言うと、彼女はホッとした顔をした。

レオンは事務所を出ると、足早に階段を下りる。この手の客にはうんざりするが、面倒事に対処するのも店長の仕事のうちだ。

「わかってるから、隠すなって！」

一階に下り、店に続く扉の前に立った時、向こうから男の怒鳴り声が聞こえた。

その後から、ボソボソと別の男の声がする。こちらは低くて聞き取れないが、どうやら怒鳴る男をなだめているようだった。

しかし、厄介な男の方は興奮しているのか、少しも聞き入れる様子がない。

「私はな、この店がルービンとかいうユダヤ人のアルファのもので、そいつがオメガの愛人にやらせてる店だってことも知ってるんだ。俺は女は買わん。オメガを用意しろと言ってるんだ」

レオンは小さくため息をつき、店の扉を押した。

「お客様、何かございましたか」

客に応対していた女性のマヌカン二人が、レオンを見てホッとした顔をする。

彼女たちに目顔で「奥に行け」と指示した後、再び客に向き直った。

酔客はレオンを見るなり、ほう、と短く声を漏らし、好奇の眼差しを向けた。

上等な身なりに、人を見下すような目つき、一目で上流階級とわかる。

「君は？　この店のマダムか？」

舐めるような視線を微笑みでやりすごし、もう一人の客に目を移す。酔客の背後にいるその男を視界に捕らえた時、レオンは凍りついた。

時間が止まったように感じた。

「おい、聞いているのか。態度がなってないな」

酔客が何かわめいたが、もうレオンの耳には届いていなかった。レオンの意識はただ一点、酔客の背後に立つ男に注がれていた。

（まさか）

これは夢だろうか。どうして彼がここに？

見間違いかと思った。だが自分が、彼を見間違えるはずがない。

目尻のやや下がった、真っ黒い夜のような瞳。瞳と同じ艶やかな髪も、記憶の通りだった。きりりとした眉の形も変わっていない。男っぽく、いささか厳めしく、でもほんのり甘いところのある美貌も。

「レオン……アーレンス？」

彼もまた、大きく目を見開いてレオンを見つめていて、まるで亡霊に出くわしたかのようにレオンの名を口にした。やはり、彼なのだ。

アレク。アレクシス・ヴューラー。

今でもレオンが夢に見る男。

「アレク」

「レオン。……本当に？」

信じられない、と、つぶやいて、アレクシスは前髪をかき上げた。その仕草はレオンの

よく知る彼のもので、懐かしさと共に切なさを覚える。

「ルービンって……ここはエミールの店なのか？　愛人って……」

信じられないというより、信じたくない、という顔だった。

「おい、この美貌のマダムと知り合いなのか？」

酔った男が、アレクシスを肘でつつく。その目は下卑た好奇心でいっぱいだった。アレクシスが軽く眉をひそめる。

「古い、知り合いです」

言いにくそうに、端的にアレクシスが答えると、男はいっそうニヤついた。

「そうか。そういうことか。いやいや、皆まで言うな。私はお邪魔なようだな？」

何か勘違いをしたようで、男は笑いながらアレクシスの肩を何度も叩いた。

「いや、俺は」

アレクシスは困惑している。二人の立場は、アレクシスより男のほうが上のようだった。大方、酔った上司か仕事相手に、強引にここまで引っ張ってこられたのだろう。

見た限り、アレクシスは素面《しらふ》のようだった。アルコールの匂いもしない。多少は飲んでいるのかもしれないが、彼は昔から酒に強かった。

騒いでいるのは、この偉そうな客だけだ。そうとわかれば、対処は簡単だった。

レオンは酔客の脇をすり抜け、アレクシスの隣に立つ。驚いている旧友を見上げ、にっこり微笑んで見せた。

内心ではまだ困惑していたし、動揺もしていた。

近くで見ると、彼は記憶の中のアレクシスより逞《たくま》しく、男臭かった。

ずっと、もう何年も平坦でリズムを変えることのなかった心臓の鼓動が、不意に乱れる。

自分の感覚が七年前に戻りそうになって、レオンは急いで現実に戻った。今は酔客を店から追い出すことが優先だ。

内心の動揺を抑え、レオンはやり手の店長の顔になった。わざと大胆にアレクシスに腕を絡める。

びくりと相手の身体が揺れ、闇色の瞳が何の真似だというようにいぶかしげにこちらを見下ろした。

レオンは酔客に向かって、とびきり妖艶な微笑みを浮かべた。

「ありがとうございます、ムッシュ。あなた様のおかげで今夜は、旧知の友人に出会えました。ただ、あいにくこの店のオメガは私一人でして。今夜はこちらの紳士のお相手だけで、どうぞご勘弁ください」

どうせ、ここは娼館じゃないと言ったって、この酔っ払いは聞きやしないのだ。ここは芝居を打って、酔客を返した後にアレクシスの誤解を解けばいい。

「ふうん。まあ、そういうことなら仕方がないな」

呂律《ろれつ》の回らなくなった舌で言い、男は肩をすくめた。気取っているが、どこまで理解しているのかは怪しいものだ。

「ああ、ありがとうございます、ムッシュ！　あなた様ならきっとわかってくださると思いました」

レオンは感激したように言って、にこにこと笑顔を差し向けながら、男を出入り口へと導いた。男は追い出されていることにも気づかず、もっともらしくうなずいて帽子を被り直した。

「それじゃあ私は、なじみの店に行くとするか。アレクシス。頑張れよ」

「頑張る？　いや……待ってください」

自分を残して去ろうとする男を、アレクシスは慌てて追いかけた。

「一晩くらい羽目を外したまえ。異国での情事なんて、妻の耳には入らないさ。入ったところで、一度きりの娼館通いに目くじらを立てることもあるまい」

酔っ払いは偉そうに言い置くと、店から出て行った。アレクシスは呆然とそれを見送る。

レオンも酔客が立ち去るのを確認しながら、内心では去り際の言葉に衝撃を受けていた。

――妻。アレクシスは結婚していた。

やはりあの後、彼と結婚したのだ。

わかっていた。あんなことがあって、結婚しないはずがない。でも心のどこかで、あの話は何かの間違いで、アレクシスは結婚をしておらず、突然いなくなったレオンを探している……そんな期待をしていた。

期待は期待に過ぎない。現実は甘くない。それもわかっている。

でも今、自分でも驚くほど、レオンはその現実に打ちのめされていた。アレクシスに対して、自分は男娼ではないと誤解を解くのも忘れるほど。


店の隅に黙って突き立っているアレクシスを置いて、念入りに戸締りをした。

ここから先、どうするべきかわからなかった。

まだ近くに酔客がいるかもしれないから、今すぐ帰すわけにもいかない。それに何より、レオンがまだ彼を帰したくなかった。

本物のアレクシスがすぐそばにいる。それだけで、胸の奥にしまっていた彼への想いが溢れてくる。

自分でも、その熱量に戸惑っていた。

「とりあえず、俺の部屋に来ないか。この上なんだ。お茶くらいしか出せないが」

とりあえず、そう、まずはお茶でも飲んで。

自身に言い聞かせるように、レオンは店の隅にいる男に声をかけた。そうして、酔客を帰してから初めて、相手の顔をまともに見る。

アレクシスは黙って、レオンを視界から遠ざけるように、あらぬ方向を見つめていた。こぶしを握り一点を凝視する様子は、怒りをこらえているようにも見えたが、何を考えているのかはわからない。あれこれ憶測する余裕もなかった。

「行こう」

戸締りを終え、店の奥に続くドアの前で呼びかけると、相手はレオンと目を合わさないまま黙ってついて来た。

レオンは廊下の途中、控室に顔を出し、マヌカンたちに声をかけた。

「お前たち、トマが帰ってきたら送ってもらえ。表はもう閉めたから、裏口から帰れよ。俺はこのまま部屋に上がる」

娘たちは二人とも、レオンの背後にいるアレクシスを見て好奇心いっぱいに首を伸ばし、何か聞きたそうにこちらを見たが、気づかないふりをして控室のドアを閉めた。

「俺の部屋は三階なんだ」

階段の前まで来て、そんな言葉をかけてみたが、アレクシスは相変わらず何も言わない。

それでもレオンが階段を上り始めると、すぐ後に続いた。

「……だな」

二階まで上がったところで、アレクシスが何かつぶやいた。

「何？」

振り返ると、アレクシスは不思議そうに周囲を見回していた。

「殺風景だなと思って」

「そうか？　どこでもこんなものだろう」

店の裏など、どこもさして変わらない。だが店が高級品にあふれ煌びやかだった分、落差を感じるのかもしれない。

階段を上りながら言うと、アレクシスもそれ以上は何も言わなかった。レオンも会話の接ぎ穂が見当たらず、黙々と先へ進む。ミシミシと階段を踏む音だけが響いた。

三階に着いて、それまでどこか夢のように感じていた今の状況が、にわかに現実のものとなった。

自分の部屋に招いたはいいが、お茶を出して、それから何を話せばいいのだろう。

アレクシスと離れてからのレオンの人生は、決して愉快なものではなかった。重くて暗い話を、再会したばかりの旧友に話すのか。そんな話、彼は聞きたいだろうか。

「レオン？」

思わず立ち尽くしてしまったレオンに、アレクシスが怪訝な声を上げた。

「どうした」

「いや。ここまで引っ張り込んで、悪かったなと思って」

後ろでため息が聞こえた。

「今さらだな」

不機嫌さを隠さない声に、レオンはムッとする。

「なんだよ。元凶はお前と一緒にいた、あの酔っ払いだろう」

「ああそうだ。だがそれも今さらだ。いいからさっさとしてくれ」

嫌なことはさっさと済ませてしまいたい。そんな態度だ。

レオンは腹を立てつつも混乱した。久しぶりに会ったというのに、どうしてそんな嫌な態度を取るのだろう。

そんなに会いたくなかった？　会えばもっと喜んでくれると思っていたのに。今までどうしていたんだと、詰め寄らんばかりに尋ねてくれると。

少なくとも、レオンの想像の中のアレクシスはそうだった。

「お前の部屋はどこだ」

「目の前。いや、その右隣り」

「どっちだよ」

苛立ったように言われて、レオンもつい、舌打ちをした。混乱しているせいで間違えた。

「目の前の部屋は寝室。あるのはベッドだけだ。台所はその隣。中で繋がってるけどな」

「お茶、ね」

馬鹿にしたように、アレクシスは鼻で笑った。それからレオンを押しのけて、目の前の寝室のドアに向かう。勝手にドアを開けるのを、レオンはぽかんと見つめていた。

この男は本当にアレクシスか？　誰に対しても優しく紳士的な男だったのに、いつの間にこんな、感じの悪い男になってしまったのだろう。

アレクシスは中に入り、ベッドと衣装戸棚、それに小さな丸テーブルと椅子があるだけの簡素な部屋をぐるり見回した後、コートを脱ぎ、帽子と一緒に乱暴にテーブルに放った。さらにジャケットを脱ぎ、それもテーブルに放る。

他に、脱いだ衣類を置くのに適当な場所がないからだろう。それにしたって不躾ではないか。

レオンはアレクシスが何を考えているのか、この時までさっぱりわからなかった。

アレクシスはタイに手をかけてから、戸口に立ったままの部屋の主をいぶかしげに振り返る。冷たい目をわずかに細めた。

「悪いが俺は、娼婦も男娼も買ったことがないんだ。こういうことに作法や流儀があるのかも知らないし、あったとしてもどうでもいい。早いところ済ませよう」

あっと、レオンは息を呑んだ。ようやく理解した。

アレクシスもあの酔客と同様、レオンを男娼だと思っているのだ。

酔客を追い出したいがために芝居を打ち、誤解だと説明しないままここまで来てしまった。

先ほど店の隅で、彼が怒りをこらえるようにしていた理由も、わかった気がした。

ここはかつての二人の級友、エミールが経営する娼館で、しかもエミールはレオンを愛人にし、客を取らせている。

アレクシスの中では、そうなっているのだ。

「アレクシス……」

言いかけて言葉を飲み込んだ。タイを取ったアレクシスが、シャツのボタンを外していたからだ。

男らしい喉ぼとけ、それに彼の鎖骨を見た途端、レオンの心臓がどくりと脈打った。

彼はレオンが男娼だと思っている。そしてこれから、レオンを抱こうとしている。

「アレク……」

古くからの友人を。妻がありながら。

許されないことだ。直ちに誤解を解くべきだとわかっているのに、心臓の鼓動は早くなった。ドクドクと、耳にうるさいくらい高鳴っている。

目の前の男が自分を抱く。想像しただけで興奮した。うなじのあたりがぞくりとして、尻の奥が甘くうずく。

ずっと、それを望んでいた。別れてからも夢に見た。

浅ましくて恥ずかしい願望が、目の前にある。自分が黙っていれば、それは実現するかもしれない。

「……匂いが残ってる。発情期だったのか」

スン、と鼻を鳴らしてアレクシスがつぶやいた。レオンは顔が熱くなるのを感じた。

「発情期でも客を取るのか」

「……お前は、俺が抱けるのか」

質問に答えず逆に問うと、アレクシスは苛立ったように顔をしかめて舌打ちした。

「ここまで来てそれを聞くのか？　そっちが俺を連れて来たくせに。ああ抱けるさ。お前は淫乱なオメガの男娼だろ」

男の目には、怒りと蔑みの色があった。

淫乱なオメガ。かつての彼は、そんなふうにオメガを差別する男ではなかった。少なくともレオンは、そう思っていた。でも、思い違いだったのだろうか。

同じように昔、アレクシスは自分のことを好きなのではないかと思っていた。自分と同じ気持ちなのではないかと。けれど彼の心がどこにあるのか、はっきり聞かないまま別れた。

でもそれも、思い込みに過ぎなかったのかもしれない。

ただ内に秘めているだけの恋は、終わりも始まりもなく、相手がどう考えているのかわからないから、自分に都合よく考えることができた。

かつての、あの美しい愛と友情は、美しいと思っていたものは、レオンの感傷が作り出したものなのかもしれない。

「妻がいるのに、男娼を抱くのか。学園では堅物だの誠実だの言われていたのに、変わるものだな。それとも、それがお前の本性か」

虚しさが込み上げてきて、レオンは思わず皮肉を口にしていた。

虚しくて、悲しい。笑ってしまえるくらいに。

なぜって、美しい思い出が幻想だとわかっても、目の前の男に対する想いが消えないからだ。

アレクシスが好きだ。愛している。七年前に無理やりしまいこんだ欲望が、今はすっかり蓋を開いて溢れ出ていた。

彼に抱かれたい。抱いてもらえるなら、卑怯な嘘をついてもいいとさえ思った。

「お前こそ。品行方正な優等生が男娼か」

　レオンの皮肉に、アレクシスは怒りを募らせる。大股にこちらへ歩み寄ると、レオンの胸倉を乱暴に掴んだ。

　しかしレオンは、喧嘩腰に触れられてさえ悦《よろこ》びを感じていた。

　アレクシスは、少し背が伸びただろうか。肩幅も広く逞しくなった。悪態をつくその唇にキスしてしまいそうだ。

　そんな低劣な欲望をレオンが抱いているとは、想像もしていないだろう。アレクシスは強い怒りを向け続ける。

「お前に客を取らせるエミールも最低だ。あいつは昔からお前を狙ってたんだ。どうせお前の弱みにつけこんだんだろう」

「エミールを悪く言うな。彼は何も悪くない」

　反射的に叫んでいた。エミールも、エミールの妻も恩人だ。彼らがいなかったら、レオンはいずれパリの貧民窟《ひんみんくつ》で野垂《のた》れ死んでいた。

　友人を悪く言われたくない。だがレオンの反抗は、アレクシスの怒りをさらに増幅させた。それはもはや憎悪にまで膨らみ、レオンを仇敵《きゅうてき》のように睨み据えている。

　いつも自分に優しく笑いかけてくれたアレクシスは、もうどこにもいない。

「ならなぜ、お前がエミールの愛人になって、客を取らされてるんだ。エミールには妻がいるんだろう？　違うか」

　胸倉を掴んだまま、アレクシスは言った。

「さっきの……俺を連れて来た男が言っていた。この店のオーナーはユダヤ人のアルファで、オメガの正妻と愛人を持ってるって」

　エミールにオメガの妻がいるのは、その通りだ。でもレオンは愛人ではない。

　そう言えばいい。誤解を解くべきなのに、レオンは口をつぐんだままでいる。誤解を解いたら最後、アレクシスに抱いてもらえなくなるかもしれない。

　なんて浅ましく、醜いのだろう。自分に嫌悪しながらも、欲望を止められない。

（一度だけ……一度だけだ）

　レオンは自身に言い訳した。これ一度きり。この想いが叶えばもう、二度と人のものを盗ろうなんて考えないから。

　欲望に流されるのは簡単だった。一瞬、倫理を説く理性の声が聞こえたが、レオンは結局、願望に負けた。

「奥さんがいても関係ない。愛人でもいいんだ。そばにいて……抱いてもらえるなら。束の間愛してもらって、少しでもエミールの役に立てるのなら、何でもする」

　レオンは言った。エミールの名を出しながら、本当はアレクシスに向けた言葉だった。

　妻がいてもいい。一度だけでもいいから、アレクシスに抱いてもらいたい。

目の前の男を想いながら口にした嘘は、ひどく情感がこもっていたのだろう。ギリリと、奥歯を噛みしめる音が聞こえた。

「そんなにあいつがいいのか。他のオメガと番って、お前に客を取らせるような男が」

お前だって、妻がいるくせに。彼を番にしたくせに。

喉まで出た言葉を、すんでのところで飲み込んだ。妻の存在を思い出させたら、抱いてもらえなくなるかもしれない。彼に我に返ってほしくなかった。

「さっさと済ませるんじゃなかったのか？」

レオンは悪魔に魂を売り渡し、ことさら悪辣《あくらつ》に嗤いてみせた。

アレクシスは驚愕したように目を大きく見開くと、表情をゆがませる。

「怖気づいたか。エミールより、俺を悦ばせる自信がないんだろ」

アレクシスの闇色の瞳に、一瞬、白い火花が散ったような気がした。見間違いかとまばたきをした時には、唇をふさがれていた。

「ん、ぅ……っ」

噛みつくようなそれがキスだと気づいた時、身体の中心が甘く疼いた。

アレクシスが自分に、キスしている。あのアレクシスが。

「ふざけるなよ」

押し殺したような、低くしゃがれた声で彼は言った。憎悪に満ちていた瞳の中に、別の熱が混じり始めている。それはキスをするごとに濃くなった。

「抱けるさ。……くそっ。発情期の甘ったるい匂いをさせやがって」

発情期は終わったばかりだ。でもアレクシスに強く抱きしめられ、キスをされるたび、発情期のように身体が疼き、秘孔がひくひくともの欲しげに動いた。

「だるい前置きはいい。早くベッドに行こうぜ」

自分ではないみたいな言葉が、するすると口を衝いて出る。

言ってから、不安になる。自分の身体は、男を受け入れることができるだろうか。

レオンはまだ、誰の肌も知らない。

でも、その不安は杞憂《きゆう》だった。レオンの挑発に、アレクシスは獰猛な笑みを浮かべる。

レオンを抱いたまま引きずるようにベッドへ向かい、その上に押し倒した。

レオンに覆いかぶさり、荒々しいキスをする。下腹部が押しつけられ、その中心がすでに硬くなっているのに気づいた時、レオンのなけなしの理性は吹き飛んでいた。

——やっと。やっとだ。こうなることをずっと、夢見ていた。夢が今、叶う。

レオンはアレクシスの背に腕を回す。それからの二人は言葉を交わす余裕もなく、互いの唇を貪り合う。

レオンのシャツとズボンを脱がせたところで、アレクシスはレオンの身体を転がして、うつ伏せにさせた。自身はシャツを脱いだ半裸のままだ。

服を脱ぐのも脱がせるのも、アレクシスは手馴れているように見えた。離れていた七年の間に、経験を積んだのかもしれない。

そんな思いが頭を過り、熱くなった心に一瞬、すきま風が吹く。

でもそれも、ほんの一瞬にすぎなかった。

「エミールには、番にしてもらわなかったのか」

下着を脱いだほうがいいのか、相手に任せるべきか迷っていると、後ろからアレクシスの手が伸びて、首輪に触れられた。

オメガの首輪には二種類ある。

一つは番に噛まれた痕を隠すためのもの、もう一つは番を持たないオメガが、発情したアルファとの望まない番契約からうなじを守るためのものだ。

レオンがはめているのは後者で、うなじには牛革のカバーが当ててあり、外側を銀細工で装飾してある。

噛み痕を隠す首輪はもっと華奢《きゃしゃ》だから、一目で違いが判る。

アレクの声に憐憫《れんびん》が混じっている気がして、レオンは苛立った。

「ここまで来て他の男の話か。無粋《ぶすい》だな」

腰だけ浮かせて下着を脱ぎ、床に放り投げる。アレクシスも今度は素直に「そうだな」とうなずいた。

それから自分はズボンを脱がないまま、さらりとレオンのむき出しの尻を撫でる。

「なんだよ」

「……いや」

無言のままなので、不安になった。その気がなくなったのかと思ったが、彼のズボンの前は大きく膨らんだままだ。

「お前もさっさと脱げよ」

ベルトに手を伸ばそうとしたら、腕を掴まれベッドに押さえつけられた。片方の手が、レオンの尻のあわいに潜り込む。

「……っ、おい、いきなり」

何のためらいもなく窄まりに指を差し込まれ、思わず腰が浮いた。抗議をしようと顔を向けると、覆いかぶさってきたアレクシスにキスをされた。

「濡れてる。やっぱり発情してるんじゃないか？」

からかう口調に、羞恥を覚えた。発情期でなくても、オメガは性的快感を覚えれば濡れてしまう。アレクシスもわかっているだろう。わざと言っているのだ。

「いじるだけで終わりか？　そんなに自分のものに自信がないのか」

「大きさは、お前も見たことがあるだろ」

今回はレオンの挑発に乗らなかった。長いつき合いだった。学生時代はいつも一緒にいて、互いの裸だって見たことがある。

アレクシスがベルトを外し、前をくつろげると、大きなペニスが跳ね上がった。

レオンは思わずそれを凝視してしまった。勃起した彼のペニスを見るのは初めてだ。

「そんなにもの欲しそうな顔をするなよ」

くすりと笑われ、レオンは恥ずかしくて枕に顔をうずめた。その肩口に、アレクシスに軽く口づけられる。優しい感触だった。

ハッとしたのも束の間、尻を抱えられ、戸惑う暇もなくあわいを開かれる。

「ひ……」

びくりと腰を浮かせると、追いかけるように指を根元まで埋め込み、それから激しく出し入れを繰り返した。注挿のたびに、くちゅくちゅと淫猥《いんわい》な水音が響く。

「や、あっ」

「入れる前からこんなに濡れるなんてな。やらしい奴」

「ん、んぅっ……」

指先が奥のいい部分に当たる。快感に肌が粟立ち、首輪に覆われたうなじがぞわぞわした。早く、指以外のものを入れてほしい。

「……アレクシス」

指だけでは足らず、切なくて、ねだるようにアレクシスを見た。相手は息を呑み、きつく目を細めてレオンを凝視する。

「……っ。入れるぞ」

低く呻くような声で言うと、アレクシスはレオンの腰を抱え、脈打つ男根を窄まりに押し当てた。

「あ……」

これから、アレクシスと一つになる。興奮と緊張に、震えがくるくらい心臓が高鳴り、呼吸が浅くなった。

「……っ」

入り口まで差し入れたところで、アレクシスが小さく呻いた。レオンの蕾の硬さに驚いたのだろうか。何度か角度を変えて差し入れ、やがてずぶりと根元まで入り込んだ。

「あ、う……」

充足感に満たされ、中がうねるのが自分でもわかった。

アレクシスはどんな顔をしているのだろう。顔が見たかった。向かい合わせでしたかったが、そんなことは言えない。

「……入った」

ため息と共にアレクシスがつぶやいた。一仕事終えたように、レオンの背中に体重を預ける。

「お前、狭いな。痛くないか」

ぎくりとした。これが初めてだと、気づかれただろうか。気づかれたくなかった。こんなところで止められたくない。最後まで抱かれたい。

「……痛くはない。でも、大きい」

うつ伏せのままボソボソ言うと、後ろでくすりと笑う声がした。

首輪と肩口に優しくキスをすると、アレクシスは軽く腰をゆすった。

「あ……んっ……」

我知らず、甘い声が漏れる。自分の声ではないみたいで、顔が熱くなった。

「お前の中は処女みたいにきつい。けど、いいぜ。すごく締まる……っ」

意識したわけではないのに、アレクシスの言葉に呼応するように、後ろに力がこもってしまった。

咥えこんだ雄を食い締めた瞬間、後ろで軽く息を詰めるのが聞こえる。

「……レオン」

一言つぶやいた後、アレクシスは唐突に動き始めた。

はじめはそれでも慎重に、緩やかに腰を揺すり、やがてまた突然、たがが外れたように激しく穿つ。

「あ、待っ……あっ」

レオンはその唐突さと激しさについていけなかった。

待ってくれと振り返ろうとするが、うつ伏せのまま激しく強く打ちつけられて、身を起こすこともできない。

「悪い、止まらない」

アレクシスの雄に貫かれる快感に、レオンは悦びを感じた。次第に極まってきたのか、レオンの四肢を拘束するように背後から抱きしめる。

「や……あっ、あっ」

「レオン……レオンっ……」

アレクシスは逃がすまいとするようにレオンの自由を奪い、うわ言のように名前を呼びながら腰を振り続けた。

肩やうなじの首輪に幾度となく唇が押しつけられ、時に歯を立てられた。

「や、噛むな……」

あちこち噛まれるたび、身体の奥に発情期のような熱がともる。うなじを噛まれたいという衝動に駆られる。

アレクシスもまた、うなじを噛みたい衝動を抑えているのか、穿ちながら右の肩をひときわ強く噛まれて、レオンは悲鳴を上げた。

「すまない。レオン……すまない」

獣みたいに噛んだ肩を舐めて、それでも楔を打ち込むのを止めない。

全身でレオンを欲するのが苦しくて、でも嬉しかった。

「あ、ん……アレ、ク……シス」

「アレクって呼べよ」

昔みたいに……、彼がそう言っている気がした。

「アレク…」

つぶやくと、ぐうっと呻く声がした。律動が一瞬止まり、ぎゅっと強く抱きしめられる。

「レオン……ああ、レオン」

切ない声音が繰り返し、うわ言のようにレオンを呼んだ。

この男はいつも、どんな相手でもこんなふうに、愛しげに名を呼ぶのだろうか。考えが頭をかすめ、大急ぎで振り払う。今はこの幸せに浸りたい。

そう、幸せだった。誤解でも勘違いでもいい。夢にまで見た男が自分を抱いている。

ずっと、彼に恋をしていた。彼だけを愛していた。彼の妻になり、幸せな家庭を作ることを夢見ていた。

自分がオメガだと知った時から？　いいや、もっと昔からだ。

幼い頃に出会って、一目で彼が気に入った。それからずっと友人で、親友で、いつしか彼の恋人になりたいと思うようになった。

だから、アレクシスがアルファで自分がオメガだと知った時、嬉しかったのだ。

アルファとオメガなら、男同士でも結婚できる。

きっとアレクシスもそれを望んでくれている。だって、彼がレオンへ向ける眼差しが、時おり熱っぽく、切なげに思えたから。

それは勘違いだった。でも今はどうでもいい。束の間、彼の腕の中で恋人の夢を見られるのなら。

「レオン」

甘く呼ばれ、強く楔を穿たれて陶然とする。

「アレク……」

自身も甘やかにつぶやいて、レオンは快楽の海に身を委ねた。

二．ハーモニー

レオンは二十五年前、ドイツ帝国貴族、アーレンス家の次男として生まれた。

曽祖父の代には、アーレンス家もそれなりに羽振りが良かったようだ。しかし、レオンが物心ついた時にはすでに、栄光は過去のものになっていた。

金はないが、見栄と浪費だけは一流の両親は、レオンの三つ上の長男をとにかく可愛がった。

兄は赤ん坊の頃から大柄で、同じ年の子供たちより気が強かった。

「この子は私と同じ、アルファに違いない」

父はアルファで、それだけを誇りにしていたから、ただ周りより大柄で我がままというだけの兄をアルファだと信じ、大きな期待を寄せていた。

一方、レオンは兄ほど逞しく生まれなかった。

両親はレオンがベータだと考えて、英雄性を持つであろう兄をとにかく優遇した。

兄は有力貴族の子弟が通うことで有名な、名門の寄宿学校に通い、レオンは六歳になって地元の学校に通い始めた。

アレクシスと出会ったのは、その年の冬だった。

ヴューラー家のパーティーに招かれ、家族で訪れた際、同じ歳のアレクシスと引き合わされたのだった。

ヴューラー家は古い土地貴族《ユンカー》で、林業で財を成した資産家であり、また代々の当主は政治家でもあった。

そんなヴューラー家が、落ち目の田舎貴族であるアーレンス家とつき合っていたのはわけがある。

アレクシスの祖父が昔、レオンの祖父に恩を受けたというのだ。アレクシスの祖父はアーレンス家に恩義を感じていて、アレクシスの父の代になってもつき合いは続いていた。

「この子はアレクシス。君と同じ歳だ。仲良くしてやってくれ」

ヴューラー卿《きょう》から紹介された時、アレクシスは不機嫌そうにぎゅっと口をつぐんで、こちらを睨みつけていた。

黒い巻き毛に黒い瞳の美しい子供で、レオンよりずっと大柄で年長に見えた。

「二人で遊んでおいで」、と言われて、二人はパーティーの賑わいを離れ、どこか別の落ち着いた部屋で過ごした。

二人きりになっても、アレクシスは始終むっつりとしていた。だから最初のうちレオンは、アレクシスに嫌われたのだろうと思っていた。

「お前、オメガなの？」

椅子に座ってつまらなそうに足をブラブラさせていたアレクシスが、唐突に言った。

なぜそんなことを尋ねるのか、わからなかった。答えられずに見つめると、黒い巻き毛の子供はふいっとそっぽを向いた。その頬が、リンゴみたいに真っ赤だった。

「さっきお前の父さんが、お前がオメガだったらぼくと結婚させたいって言ってた」

レオンは思わず顔をしかめてしまった。父は気の利いた冗談を言ったつもりかもしれないが、半分は本気だったに違いない。

幼いながらにも、父が息子をだしにしてヴューラー家に取り入ろうとしているのがわかった。

この頃からレオンは、自分の家族が好きではなかった。

父も母も兄を猫可愛がりし、レオンには冷たい。そのくせ今みたいに、都合の良い場面ではレオンを使う。

そんな父のずるさに顔をしかめたのだったが、アレクシスは自分に対しての反応だと勘違いしたようだ。

「ぼくと結婚するの、いや？」

今日初めて会った少年が、レオンのことで拗ねたような悲しそうな顔をするのが嬉しかった。

「いやじゃない」

言ってから、考えた。両親はレオンを、ベータだろうと言う。でももしオメガで、それでこの美しい少年と結婚できるならいいなと思った。

「いやじゃないよ。ただ父さんが君んちにおべっか使うのが、いやなだけ。もしぼくがオメガで君がアルファなら、結婚したい」

レオンが言うと、アレクシスは何を思ったのか、自分のズボンのポケットを探り、ハンカチに包んだ何かを取り出すとレオンに差し出した。

「あげる」

ハンカチを開くと、中身は割れたビスケットだった。

「おやつ。厨房でもらっておいたんだ」

アレクシスはそっぽを向いてぶっきらぼうに言う。きっと自分のためにとっておいたやつだ。それをレオンにくれるという。やっぱり頬がリンゴみたいで、レオンはそんな少年が可愛いと思った。

「ありがとう。半分こしようよ」

それから二人でビスケットを食べた。割れていてボソボソしていたけど、とびきり美味しく感じられた。

二人は仲良くなった。帰る時間になって、部屋から出る時にアレクシスが言った。

「お前がオメガだったらいいな。それでぼくがアルファだったら、結婚できる」

あの時、レオンは何と答えただろう。それを聞いたレオンは、彼の言う通り、自分がオメガだったらいいと思った。

オメガだったら、アレクシスと結婚できる。冷たい家族から離れ、アレクシスと二人で毎日遊んでいられる。

アレクシスとはその後しばらく、会うことはなかった。翌年からアーレンス家は、ヴューラー家のパーティーに呼ばれなくなったからだ。

彼と再会したのはレオンが十二歳の時、兄の通う寄宿学校に転校してからだ。

その少し前、兄がベータだとわかった。両親に甘やかされ、親そっくりに育った彼は成績も素行もよくなかった。

父はベータだとわかった途端に兄を見限り、代わりにレオンに期待をかけた。

「お前は私の母そっくりだから、オメガかもしれん」

確かにレオンは、オメガだった父方の祖母に似ていると言われていた。しかし、兄をアルファだろうと断じたのと同様、何の根拠もないただの願望だ。それでも父は懲りず、レオンがオメガであることを期待した。

兄と同じ名門学校にねじ込んだのも、そこで未来の夫を探させるためだった。

「家柄のいい金持ちの男を捕まえるんだぞ」

十二歳の子供にそんなことをけしかける父に、レオンは心底うんざりした。

オメガが最初の発情期を迎えるのは、早くても十六、七歳になってからだ。女性の初潮よりうんと遅い。

アルファの場合、早いと十四、五歳でオメガの発情を感知できるようになる。どちらにせよ、男性の第二性が定まるのはもう少し先の話だ。

慣れ親しんだ地元の学校を離れ、金持ちばかりの寄宿学校に転入するのも憂鬱だった。兄みたいな生徒ばかりだったらどうしよう。

レオンは不安でいっぱいだった。戦々恐々としていたが、学園に着くとそこにアレクシスがいた。

「俺のこと、覚えてる?」

記憶にある子供より、うんと人懐っこくなったアレクシスが、レオンに会うなり笑顔で言った。レオンは驚いて、まじまじと目の前の少年を見つめた。

「アレクシス・ヴューラー。パーティーでビスケットをくれた」

彼もこの学校に通っていたなんて。考えてみれば、有力貴族が通う学園なので当然といえば当然なのだが、また会えるとは思いもよらなかった。

一度会ったきりだが、一目でわかった。でも、彼は以前とだいぶ変わっていた。

巻き毛ではなくまっすぐな黒髪になっていたし、背もさらに伸びて逞しくなった。それに格段に愛想がいい。

「上級生から、アーレンス家の弟が転入してくるって聞いて、楽しみにしてたんだ。寮は同じ部屋だよ」

鞄を持ってあげる、と言われて断った。

「自分で持つよ。僕はまだ、オメガと決まったわけじゃないんだ」

アレクシスから女の子みたいに扱われるのがくすぐったくて、ぶっきらぼうになってしまった。アレクシスはハッとしたように手を引っ込め、気まずそうに額に手をやった。

「ごめん。そんなつもりじゃなかった。初めて会った時、お姫様みたいだったから……あの、ごめん」

お姫様はなかった、とさらに自分の発言に反省し、アレクシスは口ごもってしまった。

レオンは彼がへどもどしているのがおかしくて、ふふっと笑った。

「アレクシスがいてくれてよかった。初めての寄宿学校で不安だったんだ」

手を差し出すと、相手もにっこり笑って握り返した。

「アレクって呼んでくれよ。これからよろしく」

不安な気持ちはすっかり消え去った。アレクシスとまた会えた。しかもこれから、彼と同じ部屋で暮らすのだ。

うるさい両親はいないし、兄がいる上級生の寮はここから遠い。

自由を感じた。新しい学校生活はきっと、素晴らしいものになる。そんな予感がした。

最初の予感通り、寄宿学校の生活は楽しかった。アレクシスも、その友達もみんな親切だ。友達も増えた。

もちろん、学校には嫌な連中、そりの合わない教師もいたけれど、実家にいた頃よりうんと自由で、些細なことは苦にならない。

レオンは勉強を頑張った。アレクシスを含め、周りはみんな成績優秀で、彼らに取り残されたくなかった。

新しいことも始めた。合唱部に入り、そのうち伴奏に興味を惹かれ、ピアノを弾くようになった。

兄とはほとんど顔を合わせることもなかったが、噂は時折、耳にした。

アルファの不良学生の腰ぎんちゃくをして、一緒になってオメガの生徒をいじめているらしい。昔から、弱い者いじめだけは得意なのだ。

いくつになっても性根の変わらない兄が疎《うと》ましく、噂を聞くたびに恥ずかしくなった。

レオンが兄を嫌っていることは周りに知られていたから、兄の素行不良でレオンがとやかく言われることはなかったけれど、噂を聞くたびに憂鬱になる。

「家族が嫌いなんだ。冷たくて、すごく差別的で偏見に満ちてて。早く家を出たいよ」

アレクシスには、自分の家族に対する考えを率直に話していた。

転校から一年も経つ頃には、アレクシスは一番の友達になっていた。二人は気が合ったし、どこに行くにも一緒だった。

下級生が住む寮の裏手には森があって、二人はよく、あてもなく森をぶらぶらした。

この時の会話も、森の中でだった。

「俺も、自分の家族は好きじゃない」

それは初めて聞く事実で、レオンは驚いた。

アレクシスの両親とは、幼い頃のあのパーティーで会ったきりだ。他は噂と、アレクシスの話でしか聞いたことがない。

アレクシスの父、ヴューラー卿は貴族であり政治家で、愛妻家だとも聞いていた。身体の弱いオメガの妻を大切にしていると。

アレクシスには兄が二人いて、上の兄は大学で政治学を学んでいるらしい。やがて父の後を継ぐ予定だという。次兄はこの学校の上級生だ。卒業したら軍に入ると聞いていた。

「お前んちは、上手くいってるんだと思ってた」

うちと違って、という言葉をレオンは飲み込む。

「上手くいってるよ。表向きはね」

アレクシスは皮肉っぽく言い、肩をすくめてみせた。

「父は母を大事にしてる。母は宰相の縁戚のオメガだから。病弱だからって家に閉じ込めて、外に女の愛人を囲ってるんだよ。向こうには子供もいる。母は知っていて知らないふりをしてる。それで、俺にもオメガのお嫁さんをもらわなきゃって言うんだ。女なんかにアルファは産めないからって」

冷めた少年の顔の中に、嫌悪が見えた。有力者の縁者を娶り、愛人を囲みながら愛妻家を気取る父。母の、オメガとしてのゆがんだ矜持。

それまでレオンは、アレクシスが何の悩みも屈託もなく、恵まれた子供だと思っていた。彼みたいに生まれていたら、どんなに幸せだろうかと。

でも、アレクシスにだって悩みはある。

「俺の家のこと、誰にも話さないでくれないか」

「言わないよ。そんなの当たり前だろ」

気まずそうに頼むから、レオンはむきになって言った。それから、家庭の事情を自分にだけ打ち明けてくれたのだと嬉しくなる。

「父も母もすごく外聞を気にするんだ。学校でそんなこと話したって知られたら、折檻される」

「アレクが言ってほしくないなら、絶対言わない」

面倒臭い親を持った苦労は、レオンにもわかる。きっぱり断言すると、アレクシスはそこで、ちょっとずるそうな顔をして、ちらりとレオンを窺った。

「……本当に？」

「うん」

「じゃあ、誓いのキスをしていい？」

「えっ、キス？」

なんだってそんなことを言い出したのだろう。誓いのキスなんて、結婚式以外で聞いたことがない。

「秘密を守る誓いだよ。嫌か？　嫌ならやめるけど」

アレクシスがちょっと悲しい顔になったので、慌ててかぶりを振る。

「嫌じゃないよ」

それは本当だ。ただ、びっくりしただけで。

アレクシスとキス。彼の薄い唇が生々しく見えて、身体が熱くなった。それから、キスといっても頬とか、手の甲かもしれないと思い直す。

「いい？」

「え、あ、うん」

どうすればいいんだろう。おたおたしていたら、アレクシスの顔が近づいてきた。

　えっ、と驚いている間に、鼻先に吐息がかすめ、唇に温かく柔らかなものが押し当てられた。

　キスはほんの一瞬だった。アレクシスの顔があんまり近くにあったから、どんな顔をしていたのかもよくわからなかった。

　身体ごと遠くに離れると、アレクシスはくるりと踵《きびす》を返した。

「ち……誓ったから。秘密な」

「う、うん」

　何の誓いだっけ。頭がぼんやりして、まともに考えられない。

「行こう」

　アレクシスはそれきりこちらを振り返らず、寮の方へすたすた歩いていってしまった。

　レオンも彼を追いかける。ふと、幼い頃の記憶がよみがえった。

　――お前がオメガだったらいいな。それでぼくがアルファだったら、結婚できる。

　アレクシスは今も、あの言葉を覚えているのだろうか。彼がアルファでレオンがオメガだったら、結婚したいと思っているのか。

（そうだったらいいな）

　レオンはアレクシスの後ろを歩きながらそう考え、柔らかな感触の残る自身の唇をそっと撫でた。

学園で他の生徒たちと交流するうちに、だんだんと自分のいる社会や、身の周りのことがわかってくる。

まずレオンの家が、古いというだけで、それ以外に何の力も持たないということ。

古くから続く男爵家は、地元では一目置かれていたが、貴族とは名ばかりで、先祖代々の土地も多くは手放している。父は祖父が起こした事業を引き継いでいたが、それもうまくいっていないようだった。

借金もあるらしい。父も母もケチで、冬に使用人が暖を取るために使う薪一本にもうるさく言う。そのくせ、自分たちの身なりに使う金は惜しまない。

一方、アレクシスのヴューラー家は、農林業で潤っていた。アレクシスの父は文官から代議士になり、政権を握る宰相の側近だ。

つまり、アレクシスの家とレオンの家とは、経済的にも社会的地位にしても、天と地ほどの差があるのだった。

それでも少年時代アレクシスもレオンも成績優秀、スポーツもできて社交的で、周りから一目置かれていた。二人は一番の親友だったし、レオンも家の格差に気づいたとはいえ、学園の中ではそれほど立場の違いを感じなかった。

レオンが十四歳、八年生の時に兄が退学になった。

理由は不良のアルファと一緒に、オメガの生徒を強姦しようとしたからだ。

幸い未遂に終わったが、レオンはそれを聞いた時、兄に憎しみを覚えた。最低最悪の男だ。血が繋がっているなどと思いたくない。

兄は実家に戻され、間もなく家出した。両親はそう言っていたが、もしかしたら彼らが追い出したのかもしれない。それきり、兄がどこで何をしているのか知らない。

オメガの強姦未遂事件は、またたく間に学園中に広がり、一時は弟のレオンにも非難の矛先が向いた。

同級生はからかってきたり、あからさまに嫌悪を剥き出しにしたりする者もいた。上級生たちがレオンを呼び出そうとしたこともあったが、アレクシスや周りの友人たちが守ってくれた。

事件についてはしばらく人の口に上ったが、レオンが普段からアレクシスに並ぶ優等生だったこともあり、攻撃は間もなく沈静化した。

兄のしたことは許せないし、憎むべき事件だったが、彼がいなくなったおかげで、心の重しが一つ、外れたのは事実だ。

レオンたちが十五歳、九年生になった時、エミール・ルービンが転校してきた。

彼の父はユダヤ人の実業家で、大金持ちらしい。でも本人は金満的なところなど一つもない、栗色の癖っ毛をした明るい少年だった。

学園でユダヤ人の生徒は少数で、そのせいでからかう生徒もいたが、彼は飄々《ひょうひょう》としていた。めげない彼を気に入って、アレクシスとレオンはエミールと友達になった。

エミールはレオンたちのグループに入り、やがて誰もエミールをからかう者はいなくなった。人懐っこいエミールは、すぐに学園生活に溶け込んでいった。

「十年生になったら、部屋割りが変わるよね。そうしたらレオンとは、別々になっちゃうかな」

エミールが転校してきた、九年生の終わり、休暇に入る直前のことだ。すっかりグループに溶け込んでいた彼が、いきなりそんなことを言い出したから、レオンもアレクシスもびっくりした。

三人は夜、部屋でいつものように、くだらないおしゃべりをしていた。

アレクシスとレオン、それにエミールは同室だった。もう一人の生徒は、家の都合だとかで、三学期の半ばに帰省してそれきり、帰って来ていない。部屋には三人きりだった。

「別々だって？　なんでそんなこと言うんだ」

アレクシスが怒ったように言った。レオンは一拍遅れて、エミールの言わんとしていること、アレクシスが怒った理由を理解した。

エミールは、レオンがオメガではないかと思っているのだ。

十年生以上になると、上級生の寮に移る。オメガと判明した生徒は順次、別の棟に部屋を移された。発情期の際にアルファに影響を及ぼすからだ。

オメガばかりが集まるその棟は、生徒たちからオメガ棟などと呼ばれていて、女子寮のような一種異端の扱いだった。

確かに、同級生たちの多くがこの一、二年でうんと背を伸ばし、手足がごつごつして声も低くしゃがれていくのに、レオンはまだ少女のように華奢なままだった。

背はいくぶん伸びた。以前に比べれば逞しくなったけれど、周りには遠く及ばない。それは、アレクシスとエミールの間に立つと顕著になった。

二人は学年の中でも特段、飛び抜けて逞しく大人っぽかった。街に出ると上級生に間違えられる。

でも、他にも背の伸びない生徒はいたし、レオンより華奢な子もいた。まだ第二性はわからない。幼い頃に、両親にベータだと言われたから、レオン自身はベータかもしれないと思っていた。

「ご、ごめん。レオンはオメガだと思ったから」

アレクシスが目を吊り上げたので、エミールは慌てた。「気を悪くしたらごめんね」と、レオンに謝罪する。

エミールは温和で、人とぶつかりそうになるとすぐ、自分から引っ込む。

アレクシスは逆に、とことん相手にぶつかっていく性分だ。なりふり構わずというのではなく、納得できないことははっきり言う。自分が間違っていたら素直に謝るし、折れた相手をそれ以上、追求することもない。

言い合いをしても気持ちよく終わるので、アレクシスはみんなから好かれていた。でもエミールは、ぶつかる前にするりとかわしてしまうので、アレクシスとは相性が悪いらしい。今も、すぐさまエミールが申し訳なさそうに謝るから、アレクシスは鼻白んだ後、ムッとしていた。

「いいよ。気にしてない。でも僕はたぶん、ベータなんじゃないかな」

こんな時、二人の間に立つのはレオンの役目だ。といっても、アレクシスがエミールに対して向ける苛立ちの、緩衝材になるだけだが。

「そうであってほしい。アレクやエミールと別れるのは寂しいから」

アルファかもしれない、という期待はもう抱いていなかった。アルファの上級生たちを見ればわかる。華奢で中性的なアルファは一人もいない。

雄の象徴、とばかりに、アルファは誰しも身体つきが逞しかった。対してオメガの寮の生徒たちは、むさ苦しいアルファやベータの男子たちとは明らかに違う、大人の女性に似たたおやかさを持っていた。

かの寮に行くということは、それまで共に過ごした少年たちと隔絶された、別の生きものになるということだ。彼らが密やかに噂をし、水浴びを覗きたがるような、存在に。

アレクシスの番になれるなら、オメガになりたいと思ったけれど、二人と隔たりが生まれるのは悲しかった。

「そうだよね。一人だけ別の棟に行くなんて嫌だよな。僕が考えなしだった。ごめん、レオン。アレクシスも」

エミールはようやく、オメガ棟に行くことがどういうことか、理解したようだ。話題を切り出した時の、はしゃいだ様子はなりをひそめ、肩を落とした。

「いいって」

「まだわからないのは俺たちも同じだろ、エミール。俺やお前がオメガかもしれない」

アレクシスが、まだ気が収まらない、というように言った。二人がオメガなんて、レオンがアルファだと言う以上に信じられないが。

「ううん。僕はアルファだよ」

しかしエミールは、けろっとした様子で言った。

「こっちに転入してくる前、オメガの発情期に遭遇したんだ。それにあてられて僕も発情して、アルファだってわかった」

ベータの場合、発情したオメガに遭遇しても、その匂いにあてられて発情することはない。せいぜい、いい匂いがすると感じる程度だ。

アルファは多くの場合、同年代のオメガの発情期に遭遇して、自分の第二性を知る。エミールもそうだったのだ。

「レオンからは時々、いい匂いがする気がして。それに美人だし。だからオメガだったらいいなって、思ってた。でもこれは、身勝手な考えだったな」

反省したように頭を掻く。レオンはどんな顔をしたらいいか、わからなかった。

自分からいい匂いがしているかどうかなんて、わからない。みんなと同じだと思っていたのに。

ちらりとアレクシスを窺うと、彼はエミールを見て何とも言えない顔をしていた。

驚きと焦り、怒りの混じった表情。レオンの視線に気づき、ちらっとこちらを見ると、バツが悪そうに視線をそらした。

それから椅子代わりにしていた自分のベッドに倒れ込み、毛布を顔まで引っ張り上げた。

「エミール、お前。そういうことを外で言うなよ。レオンが困るだろ」

「言わない。もちろん絶対、言わないよ」

最後にアレクシスが釘を刺し、エミールも必死にかぶりを振って、レオンにも何度も謝った。

レオンは「気にしてないよ」と答えたが、内心では彼らの言葉がオメガに対する気遣いのようでショックだった。

気まずいままそれぞれ寝床に入ったが、翌日になってもまだ、アレクシスは怒っていた。

「エミールは時々、考えなしにものを言うよな」

その日の授業を終え、寮に帰る道すがら、アレクシスはまた文句を言った。

帰り道は二人きりだった。

エミールは、アレクシスがあんまり根に持ってプリプリしているので、今日はさりげなく別行動を取っていた。

アレクシスと二人きりの時は、遠回りをして森の小川沿いを通って帰るのが暗黙の了解となっている。

「僕はもう、気にしてないって」

途中で拾った小枝を小川に向かって投げたりしながら、レオンは呆れ気味に言った。

アレクシスは大体においてさっぱりした性格で、友達との言い合いを後々まで引きずることはない。でも時々、ごくたまにだが、粘着質になる時がある。

以前からあったが、エミールが転校してきてから目につくようになった。

エミールもアレクシスと同じくらい大人びていて、成績もいいし運動もできる。二人は正反対の性格だから、敵愾《てきがい》心を抱くのかもしれない。

レオンが呆れているのに気づいたのか、アレクシスはむっつりと不貞腐《ふてくさ》れた。

「お前は腹が立たないのかよ」

言われたが、彼が何にそれほど腹を立てているのか、理解できなかった。

「僕はたとえ自分がオメガでも、それを恥じたりしないよ」

半分嘘だ。でも、アレクシスが言ってはいけないことのように怒るたび、オメガの存在が否定されているようで悲しくなる。

「もしお前がアルファで僕がオメガだったら、もうこうして一緒に帰ってくれないのか」

レオンはその場に立ち止まって言った。前を歩くアレクシスも、立ち止まってこちらを振り返る。

アレクシスが、そんなふうに考えていないことはわかっている。学園にもアルファ至上主義はいるが、彼はそうではない。むしろ、何でも第二性で判断されてしまうことに苛立ちを覚えているはずだ。

何に怒っているのかわからないからあえて言ったのだが、アレクシスは焦ったようだ。

「そんなこと思ってない。お前がオメガでも俺がそうでも、恥ずかしいなんて思わない。第二性がどうであれ、俺とお前は親友だ」

それから、怒っていた自分を恥じるように顔をうつむけた。

「ごめん。そういう風に取られても仕方がないよな。俺、昨日エミールがお前のことをオメガだって言ってから、完全に頭に血が上ってた。……なんでだろう」

アレクシスにわからないのなら、レオンにだってわからない。

それきり彼は黙り込んでしまった。帰ろう、とレオンが促すまで、立ち止まったままだった。

「ごめんな」

やがて、歩きながら、ぽつんと彼は言った。

「うん」

レオンが微笑むと、アレクシスは心底ほっとした顔をした。二人並んで歩く。

小川から離れ、そろそろ森の終わりだった。そのすぐ先は寮だ。

「エミールが言ってたけど。僕、何か匂いがする？」

アレクシスがいつもの彼に戻ったので、昨日から気になっていたことを尋ねてみた。

レオンが口にすると、やっぱり気にしてたのか、という顔をしてから、小さくうなずく。わずかに目をそらされた。

「お前はいつも、いい匂いがするよ」

どこか照れ臭そうな声だった。レオンが腕を鼻に近づけて自分の匂いを嗅ぐと、「ほんのちょっとだけ」とつけ加えた。

「他の奴らはなんか、汗臭いだろ。夏場なんてむわっとする。教室なんて嫌になるけど、お前のそばだと気にならない」

「確かに、お前も夏場は汗臭いな。冬も、運動した後とか」

「え、本当に?」

アレクシスが慌てて、レオンと同じように自分の腕の匂いを嗅ぐので、おかしくて笑ってしまった。

実際は、言うほどではない。アレクシスは多くのめんどくさがり屋の少年たちと違って、丁寧に身体を洗う。夏場は特に。身なりには人一倍気を使っている。レオンもそれに倣《なら》って綺麗好きになった。

「いい匂いって、どんな匂い?」

アレクシスは自分の腕の匂いを嗅ぐのをやめた。そわそわ視線をさまよわせた後、「よくわからないけど」と口ごもる。

「甘い匂い、かな。花みたいな。何の花かわからないけど。俺は好きな匂いだ」

好きな匂いと言われて、恥ずかしくなった。自分ではわからない。以前から、そんな匂いをまき散らしていたのだろうか。もしかして本当にオメガなのか?

「昔は匂いなんて気にしたことなかった。でもここ一、二年で、何となく、かな。本当にほんの少しだよ。ものすごく近くに寄らないとわからないし、他の奴らはたぶん、気づいていないと思う。エミールと俺くらいだ。同室で、しょっちゅう隣にいるから」

「今も、する？」

尋ねたのは、何となくだ。どんな匂いであれ、自分が人と違う匂いがするのが気になった。しかしそう尋ねた途端、アレクシスは言葉に誘われるように、こちらに顔を寄せた。

びっくりして立ち止まるレオンの首元に、アレクシスの顔がほとんどくっつくくらい近づく。そのまま、首筋に吐息がかかってぞくりとした。キスされるのかと思った。

「うん。甘い匂いがする」

アレクシスは、すぐ間近で言った。じっとこちらを見つめる目が熱を帯びていて、その熱がレオンにも伝染する。

急に、アレクシスの男らしい顔の輪郭や喉元を意識した。自分より、いつの間にか肩幅がうんと広くなっていることに気づく。

制服の袖口から覗く手首も、大人の男みたいにゴツゴツしていた。それに大きくて無骨な手。レオンの手なんかすっぽり隠れてしまう。

アレクシスはまだ、顔を近づけたままだった。これくらいの距離、今までなら意識しなかったのに、今は妙にドキドキしてしまう。

顔が熱くなり、それを意識したら、全身に熱が回ったような気がした。

「匂いが濃くなった」

うわ言のような、抑揚のない声でアレクシスがつぶやく。吐息が首にかかって、全身がムズムズする。

　何かがおかしい。いつもと違うことが起こっている。そうしている間にも、身体の奥からじわじわと熱と疼きがこみ上げてくる。

　立っていられなくなって、膝からがくりとその場に崩れ落ちた。

「レオン！　どうしたんだ」

　アレクシスの声が聞こえたが、顔を上げることができなかった。下半身がはっきりと反応している。下腹がうずうずする。頭の芯もぼうっとする。

「レオン。なあ、大丈夫か」

　アレクシスは、うずくまるレオンの隣にしゃがみ、顔を覗き込んだ。心配してくれているのだと思うが、その声音がいつもと違うことに、ぼんやりと気づく。

「お前からすごくいい匂いがする。なあ、これ、もしかして……」

　荒い息遣いがすぐ耳元で聞こえた。顔を上げると、いつの間にか目の前にアレクシスの顔があった。

「これ、発情期だろ」

　アレクシスの顔が、風邪で熱を出したときみたいに赤い。目だけがギラギラしていた。

「発情期……」

　そうか、これは発情期だ。とうとう来てしまった。自分はやはりオメガだった。

「レオンはやっぱり、オメガだったんだ」

その時浮かべたアレクシスの表情を、レオンはその後もずっと忘れられなかった。

「レオンがオメガで……俺はアルファだ」

喜び。アレクシスの顔に浮かんだのは、喜びの表情だった。

顔を真っ赤にして荒く息をつきながら、誕生日プレゼントをもらった子供みたいに嬉しそうにしている。

「うん。僕はオメガだ。お前はアルファだな」

オメガの匂いがわかる。レオンの発情の匂いに、アレクシスも反応している。だからアレクシスはアルファなのだ。

レオンもアレクシスと同じ表情を浮かべていたかもしれない。嬉しかった。

その時、強い風が吹いた。二人の間に流れていた淫靡な空気が風に飛ばされ、オメガの匂いも一時、消えたのかもしれない。

「あ、先生。先生を呼んでくる」

アレクシスがハッと我に返った。顔と顔がくっつくくらい近づいていたのを、急いで飛び退《すさ》った。

「このままだと俺、お前を襲っちまう。レオン、いいか。すぐ呼んでくるから、じっとしてろよ」

「うん」

アレクシスにこの疼きをどうにかしてもらいたかったので、がっかりした。それから、そんなことを考えている自分に驚く。

「すぐ戻るからな」

勇気づけるようにレオンに声をかけると、寮のあるほうへ全力で駆けて行った。

そうして、舎監と医者を連れてアレクシスが戻って来るまでの間、レオンは森のはずれでうずくまっていた。

自分はオメガで、アレクシスがアルファだった。

これでアレクシスと結婚できる。アルファとオメガ以外の同性婚は、レオンたちの社会では認められていない。でも今の二人なら、結婚できる。

アレクシスは結婚しようと言ってくれるだろうか。自分から言ったほうがいいのか。

でも、もし断られたら。あるいはアレクシスの親が反対したら？

他のアルファと番うことを想像してみる。たとえばエミールとか。

レオンは緩く首を振った。嫌だ。エミールはいい奴だけど、友達以上にはなれない。

他の誰でも嫌だった。自分はアレクシスと番になりたい。アレクシス以外のアルファなんていらない。

（アレクシス、アレクシス）

アレクシスが好きだ。今、気がついた。今まで近くにいすぎて、それが当たり前になっていて、彼をどう思っているのかなんて考えたこともなかった。

（アレクシス、お前の番になりたい。出会った頃からそう願ってた。それは僕がお前に恋してたからなんだ）

告白したら受けてくれるだろうか。彼もレオンを好きだと思う。でも、それはレオンの勘違いかもしれない。ぐるぐると様々な思考が頭の中を巡る。

やがて寮の方角から、アレクシスと大人たちが駆けてくるのを見た時、レオンは何とはなしに予感した。

これから、あらゆることが変わっていくだろう。レオン自身も、アレクシスや周りの反応も。

それから後のことはよく、覚えていない。

その日からレオンは、慣れ親しんだ年少組の群れを離れ、オメガの生徒ばかりが集まる寮へ部屋を移された。

九年生の終わりに発情期を迎えたレオンは、その夏の休暇は帰省せず、寮で過ごした。両親には手紙で伝えた。父に面と向かってオメガだと言うのが嫌だったのだ。どうせまた、下卑たことを言われるに決まっている。

幸い、オメガの寮の生徒は長期休暇でも寮に留まることが許されていた。発情期に重なった場合、帰省のための旅をするのが困難だからだ。

発情を抑制するための薬は、まだ身体のできあがっていない十代の子供には処方してもらえない。

そうした理由もあって、レオン以外にも、寮に残っているオメガの生徒が何人かいた。オメガの寮の生徒は十年生以上の上級生ばかりで、九年生はレオンだけだ。レオンは一般的なオメガより少しだけ、第二性の発現が早かった。

最初は気後れしたが、先輩たちはみんな優しくレオンを迎えてくれた。

年少組のドタバタした騒がしさはなく、オメガの寮は静かだった。廊下を騒がしく駆け回る生徒はおらず、談話室でおしゃべりをする時でさえ、さざ波みたいにおとなしい。

不思議な穏やかさと静けさに、レオンは戸惑いながらもやがて、居心地の良さを覚えるようになった。

ここにいるのはみんなオメガだ。同じつらさと戸惑いを経験している。

アレクシスとは、一度も顔を合わせることなく休暇が始まった。レオンのことをずいぶん心配してくれていたようだが、アルファとわかった以上、オメガの寮には入れない決まりだ。

これからは、アレクシスと二度と同じ部屋で眠ることはできない。少なくとも、学校を卒業するまでは。

それが少し寂しかったが、悲嘆にくれるほどではなかった。

休暇中、アレクシスが帰省した先から手紙をくれた。レオンの様子を気遣い、新学期から寮が別れて寂しい、早く学校で会いたい、ということが綴られていた。

よかった。アレクシスはオメガのレオンを疎んでいない。まだ友達でいてくれるのだ。

お前がオメガでも変わらない、と言われたけれど、不安だった。手紙に安堵し、それからすぐまた、不安がぶり返す。

手紙ではこう書いているけれど、新学期になったらよそよそしくされるかもしれない。

いや、彼はそんな奴じゃない。いやでも……。

堂々巡りの考えから抜け出せず、おかげで手紙の返事を書くのにずいぶんかかった。それも書いては破り、破ってはまた書く。今まで、アレクシスへの手紙に迷ったことなんてなかったのに。

「それはさ、恋じゃないかな」

違う？　と、いたずらっぽい口調で言ったのは、ケヴィン・シェーンハイトという十三年生だった。

最上級生の彼はすでに夏季休暇の前に学校を卒業していたが、発情期が重なったとかで、夏の間中、寮にとどまることになっていた。

通常、発情期は一週間から十日ほどだが、ケヴィンは体質的に発情期が長く、前後も匂いが発現することがあって、気が抜けないのだという。

ケヴィンと話したのは、夏季休暇の間のわずかな時間だったが、初めての発情期に戸惑うレオンに何かと親切にしてくれて、嬉しかった。

こんな兄がいたらいいのにと思ったが、ケヴィンは兄というより姉のような存在だった。ハニーブロンドにたおやかな美貌を持ち、穏やかで優しく、いつもいい匂いがする。

「レオンはその、アレクシスって友達が好きなんだ。違う？」

ケヴィンの自室に招かれ、お茶を飲んでいる時だった。二人きりだったから、レオンは素直にこくりとうなずく。

「うん。発情期になるまで気づかなかったけど」

「今まで一緒になって駆け回ってたんだからね。ある日突然、気づくことってあるよ」

自分にも経験がある、という口ぶりだったので、レオンは「ケヴィンもそうだった？」と尋ねた。ケヴィンは微苦笑を浮かべる。

「まあね。俺も初恋は幼馴染の同級生のアルファ。自分の気持ちに気づいた時には、相手にもう婚約者がいて、告白もできなかったけど」

アルファの発現はオメガのそれより早い。アルファとわかったらすぐ婚約させる親もいるから、仕方がない。

「ケヴィンは、卒業したらどうするの。結婚？」

夏季休暇が終わって、彼と離れるのが寂しかった。もっといてほしいけど、彼は卒業生で、特例で寮に留まっているだけだ。

「どうするかなあ。いつかは結婚しなきゃならないけど、今はまだいいや」

窓の外を見て、彼は言った。レオンもそれ以上は聞かなかった。

後で別の上級生から聞いたのだが、ケヴィンは前の年に婚約者を事故で亡くしていた。親同士が決めた、会ったこともない相手だそうだが、それでも思うところはあっただろう。

夏中、そんなふうにケヴィンや寮に残った上級生たちと過ごした。おしゃべりして、たまに森の小川で遊んだり、池でボートを漕いだりする。アルファもベータもいないから、何の気兼ねもなくのびのびできて楽しかった。

新学期が始まり、レオンたちは十年生になった。

レオンがオメガであることはみんなに知られているはずで、初日は学校に行くのが怖かった。

アレクシスがオメガの寮の近くまで迎えに来てくれなければ、登校する勇気が出なかったかもしれない。

「背が伸びたな」

再会したアレクシスは、眩しそうに目を細めてレオンを見た。

「そういうアレクこそ」

この夏の間に、アレクシスはさらに背が伸びて大人っぽくなっていた。

休暇に入る前、あんな形で別れたから、アレクシスとどんなふうに話していいかわからなかった。向こうも同じだったのだろう。最初のうち、二人はぎこちなかった。

でも学校に行く道すがら、話をするうちに、すっかり元通りになって、この夏のことを報告し合った。

「夏休み前、お前が寮を移ったから、オメガだってことは知れ渡ってる」

アレクシスが、レオンが発情期でいなくなった後の、年少組のことを話してくれた。

「それでちょっとざわついた。でもエミールが、食事の時にいつものあのとぼけた顔で一言言ったら、収まったよ」

「なんて言ったの？」

「『僕も個室がほしいなあ』ってさ」

「それだけ？」

拍子抜けした。アレクシスは肩をすくめ、それから当時を思い出すようニヤニヤする。

「それだけ。けどあいつが言うと、それ以上オメガのことでガタガタ言うのがガキっぽいな、って雰囲気になったんだ」

エミールは、アレクシスのように率先して生徒をまとめ上げることはないけれど、たまに突拍子もないことやハッとすることを言って、仲間たちの意識を改めさせることがある。

「あいつはそういうの、上手いよな。俺にはできないから、悔しいけど」

アレクシスがエミールを褒めたので、レオンは驚いた。しかも、悔しいと口にするなんて。

それでようやくレオンも気づく。やはりアレクシスは、エミールに敵愾心を抱いていたのだ。

レオンを挟んで二人は仲が良かったけれど、アレクシスはどういうわけか、エミールにたまに子供っぽい態度をとることがあった。

ずっと不思議だったが、あれはエミールを好敵手だと認めていたからなのだ。

二人は性格はまったく異なれど、同じくらい大人っぽく、アルファらしい特徴を持っている。成績は総合的に見ればアレクシスの方が上だが、エミールは数学と音楽がずば抜けていた。

でも今までのアレクシスだったら、こんなふうにエミールを認めたり、間違っても悔しいなどと口にすることはなかった。

「アレクもこの夏の間に、大人になったね」

冗談めかして言うと、アレクシスはちょっと照れて顔を赤くした。

「そりゃ、お互いに第二性が発現したんだ。ちょっとくらいはな」

そう、二人は子供ではなくなった。大人でもないが、以前とは違う。

学校へ行くと、エミールはすでに登校していて、いつものように迎えてくれた。

「休み前は大変だったね。そっちの寮はどう？　個室なんだろ。僕はアレクシスと離れて、別の奴と同室になった。そいつのいびきがうるさいんだ。年少組の四人部屋よりましだけどさ」

エミールの態度がちっとも変わらないので、ほっとした。

他の同級生は最初のうち、レオンに対して少しよそよそしかったり、遠巻きだったりしたが、それも日が進むにつれて解消されていった。

レオンはオメガだとわかってから、今まで以上に勉強を頑張った。

オメガだから、アルファやベータに劣っていると思われたくない。オメガが大学に進学し、いい就職先を見つけるためには、人並み以上の努力が求められる。

オメガとしての学校生活は、レオンが最初に思っていたより悪いものではなかった。

レオンの発情期は二月から二月半に一度、それほど頻繁ではないが、一週間ほど学校を休まなくてはならない。

寮の個室で一人、疼く身体を抱えて眠るのは、やはり辛い。

けれどそれ以外、学校生活はおおむね楽しいことばかりだ。

アレクシスがレオンをどう思っているのか、口に出して尋ねることはなかった。

二人きりになったら聞こうと思って、いつもできない。

アレクシスはレオンに優しい。他の生徒に対しても親切だが、レオンに対しては特に紳士的だった。

それは親友だから、と取ることもできたし、特別な想いがあるからではないかと、考えることもできる。

言葉にして、はっきりさせてしまうのが怖かった。ただの友達だと言われたら悲しい。好きだと伝えたら、二人の関係が対等でなくなってしまうのではないかという不安もあった。

悩みに悩んで、レオンは結局、想いを言葉にすることができなかった。

どのみち卒業するまで、結婚はできない。ならば関係をはっきりさせるのは、最終学年まで待ってもいいのではないか。

学園では生徒同士の恋愛に対して、教師の目が厳しかった。特にアルファとオメガは、恋人同士だとわかると、一緒に寮に帰るのさえ禁止される。

間違いがあっては困るからだろう。そんなことになったら、アレクシスと街に遊びにも行けない。

学生生活を楽しく過ごすためだと言い訳して、レオンから告白しないことにした。

それに、卒業間近になれば、特別な行事がある。卒業パーティーだ。

毎年、卒業試験の後に、卒業生のためのダンスパーティーが行われる。

一人で参加しても構わないが、パートナーを見つけて二人一組で参加するのが主流だった。

学園は男の園だから、一緒に参加するパートナーが必ずしも恋人とは限らない。

けれどアルファとオメガの場合は別だ。卒業パーティーにパートナーとして参加した時点で、特別な関係だとみなされる。

教師の目をかいくぐり、密かに愛を育んでいたカップルが、パーティーで関係を公にする。あるいは、勇気を出して意中の相手にパートナーを申し込み、上手くいく例もある。逆に失恋して、間に合わせで下級生からパートナーを調達することも珍しくなかった。

「先輩から、パートナーに誘われたらどうする？」

レオンたちの学年でも、そんな話題がのぼることがあった。上級生に望まれて、同級生たちより一足先にパーティーに参加する……多くの生徒が一度は憧れ、想像する状況だ。

でもレオンは、もし万が一、誘われたとしても断るつもりだった。パーティーには、アレクシスと行きたい。

アレクシスにはっきりと言葉にして尋ねたことはないけれど、向こうもきっと同じことを考えていると思っていた。

自分から申し込んだ方がいいだろうか。それとも、黙ってアレクシスが申し込んでくれるのを待った方がいいだろうか。

レオンがダンスパーティーについて考えることと言ったら、そんなことだった。


十一年生になると、同級生の中にもオメガとして発情期を迎える生徒が出始めた。オメガの寮に新しい仲間が加わり、たまに些細な揉め事がありながらも、平和な学園生活はその後もしばらく続いた。

実家には滅多に帰らなかった。帰っても憂鬱なだけだ。

しかし、十一年生の終わりに、父の会社の一つが倒産し、その年の夏季休暇は、さすがに帰省した。

家の借財がますます膨らんでいることは知っていた。仕送りは減らされ、必要なものを買うのも切り詰めねばならなくなっていたからだ。

久々に実家に戻って驚いた。屋敷の使用人が半分になっていたからだ。父が気に入っていた美術品もなくなっていた。

「あとはもう、お前だけが頼りだ。ヴューラー家の三男とは仲よくやってるんだろうな？　何が何でも、がっちり捕まえておくんだ。何なら発情期にお前から誘ってもいい。既成事実を作れ」

久しぶりに会った息子の様子を尋ねるでもなく、父はそんなことを言った。

「レオン、お前は見違えるように美しくなった。さすがオメガだ。母によく似てきた。お前の母親じゃない。女なんかに似るはずがない。私の母だよ」

ニヤニヤと媚びるような笑いを浮かべる父に、軽蔑を通り越して恐怖を覚えた。

母はその時そばにいたが、何も言わず、レオンを睨みつけていた。

その夏は結局、生活費を受け取るとすぐ、学園に戻った。寮にいる方が気楽だ。

本当なら、学費の高いこの学園を中退した方がいいのだろう。しかし、父が許さないし、レオンもアレクシスやエミールと離れたくなかった。

休みの間、アレクシスとエミールに一度だけ手紙を出したが、家の事情には触れなかった。どうにも言いようがなかったのだ。

ただ、父の言葉や態度は、後々までレオンを悩ませることになる。

父は、息子がヴューラー家の三男を射止め、ヴューラー家と繋がりを持つことを切望している。

アルファならばアレクシスでなくてもいいのだろうが、卑屈なくせにプライドの高い父は社交的ではなく、他に当てがなかったのだ。借金まみれの落ち目の貴族と、縁戚関係になろうというもの好きはいない。

それに、ヴューラー卿が実際どう思っているかはともかく、レオンの父はいまだ、ヴューラー家がアーレンス家に恩義を感じていると信じている。

もしアレクシスとレオンが恋人になった日には、これ幸いとヴューラー家に援助を求めるだろう。

図々しく、際限なく、無責任に、自分の人生を他人に背負わせようとするに違いない。

そうなればアレクシスの家族はアーレンス家を、ひいてはレオンを疎んじるようになって、アレクシスとの結婚も反対されるかもしれない。

アレクシスも、実際に父の言動を見たら軽蔑するに決まっている。

結婚を望むなら避けては通れない問題だが、アレクシスに打ち明けたら、優しい彼はレオンを助けようとするかもしれない。彼に迷惑をかけたくなかった。

あれこれ考えて最悪の事態を想像してしまい、結局レオンは、父についてアレクシスに相談することができなかった。

家のことは、アレクシスの気持ちを確認してからだ。そう自分に納得させて。

夏休みが明けた十二年生は、実家の財政がいよいよ苦しく、父からアレクシスとの様子を窺う手紙が何度もきたが、適当に誤魔化していた。

「今度実家で、東洋人の男の子を預かることになったんだ。もしかしたら、この学園に転入するかもしれない」

冬休みに帰省したアレクシスが、休み明けに告げた。

「東洋人？　へえ、珍しいな」

日本人だという。その国が極東の小国だということ以外、よく知らなかった。

なんでも良家の子息で、ドイツに遊学に出たのだとか。

「皇族の血を引いてるって聞いて、父が興味を持ってさ。あの人は血統とか伝統とか、そういうものに弱いから」

アレクシスの口調は、いささか皮肉めいていたが、いつものことだ。

日本人の子については、あまり気に留めていなかった。ただ、もし転入してきたら仲良くしようと思っていた。

十二年生の終わり、最後の夏休みも、勉強と発情期を理由に家に戻らなかった。

父の手紙の頻度は増しており、文面も余裕のないものになっていたが、レオンは見て見ぬふりをしていた。自分にはどうすることもできなかった。

振り返って、あの時もっと現実を見ていたら、とも考える。

しかし、どのみち結果は同じだっただろう。父に忠告したとて、オメガの息子の意見を聞き入れたとは考えられない。

アレクシスとは、結ばれない運命だったのだ。


十三年生、最終学年の始まりに、アレクシスは日本人の少年を連れて学園に現れた。

ユーイチロウ・タドコロという名で、アレクシスにはユーイと呼ばれていた。

ユーイのことは、夏休みの間にアレクシスから手紙で知らされていた。

十七歳で、十一年生に転入すること。年明けからドイツに来て、言葉は話せるようになったものの、まだ自信がないようで、なかなか引っ込み思案なこと。

それから、彼がオメガだということ。春に初めての発情期を迎えたらしい。

レオンと同じ寮なので、面倒を見てやってくれないかと、手紙には綴られていた。

もちろん、そういうことならと請け合った。慣れない異国の地でオメガだと判明するなんて、どれだけ心細いだろう。

でも一方で、今まで感じたことのない焦りを覚えていた。

アレクシスの近くに、自分以外のオメガがいる。外国人とはいえ良家の子息で、血統主義のアレクシスの父が喜んで迎えた少年だ。

どんな子なのだろう。アレクシスの手紙には、引っ込み思案で困っている、ということ以外、ユーイという少年について書いていなかった。

「彼がユーイだ。こっちはいつも俺が話しているレオン」

新学期が始まる前日、アレクシスがオメガの寮の前までユーイを連れて来た。

「よろしく、ユーイチロウ。僕もユーイって呼んでもいいかな。僕はレオン・アーレンス。今学期からこの寮の寮長になった。よく来てくれたね。待ってたよ」

にこやかに挨拶をしながらも、レオンは内心で戸惑っていた。

ユーイは、あらかじめ想像していた以上に内気そうで、表情が暗く見えたからだ。

髪は濡れた鴉の羽みたいに真っ黒く艶やかで、目がくりっと丸くて大きい。青ざめたような白い肌に、赤い唇だけがぽってりと肉感的だった。

背は小さくて、手足も華奢だ。年少組の生徒だと言われても納得しただろう。

そのユーイはアレクシスのやや後方に立ったまま、モジモジしていた。

「ほら、黙ってないで挨拶しろよ」

アレクシスの、ユーイに対する態度がぞんざいなので、それにも戸惑った。彼はごく紳士的で、よほど親しい相手にしか、こんな態度を取らない。

ユーイはアレクシスが冬期休暇を終えた後、入れ違いでヴューラー家に入ったから、アレクシスと顔を合わせたのはこの夏の休暇が初めてのはずだ。

ほんの一夏の間に、二人は兄弟みたいに仲良くなったのだ。

「ユーイチロウ・タドコロです。あの、よろしくお願いします」

たどたどしく名乗る。レオンが微笑みかけると、真っ赤になってうつむいた。

これは相当な引っ込み思案だ。発音にも少し訛《なま》りがあって、それで余計に自信を持てずにいるのかもしれない。

アレクシスが「ほらな?」というように目配せして、軽く肩をすくめた。レオンはたしなめるような微笑みを返す。

「ユーイ。寮の中を案内するよ。これから君が卒業まで過ごす場所だ」

「ほら、行ってこい。ユーイ」

まるで兄みたいな口調で、アレクシスが発破をかける。彼は末っ子だから、弟ができたみたいで張りきっているのかもしれない。

「アレクは一緒じゃないの」

ユーイはまるで、この世の終わりみたいに悲愴な顔をして、アレクシスを見た。その態度はまるで小さな子供みたいで、とても十七歳とは思えない。

「俺はアルファだから、この中には入れない。そう言っただろ。レオンがいるから大丈夫だ。レオン、よろしく頼む」

自分がここにいては、どうにもならないと思ったのだろう。アレクシスはそう言って立ち去った。去り際、「後で話さないか」と、耳打ちされた。レオンは黙ってうなずく。

多くを口にしなくても、アレクとはそれだけで事足りた。

アレクシスと別れ、レオンはユーイを案内する。

ユーイははじめ、主人を見失った犬みたいにオロオロしていたが、レオンが隣について寮内を案内するうちに、だんだんと緊張を解いていった。

年少組の悪ガキどもや小生意気な後輩たちに比べれば、ユーイはとても素直だった。

「発情期の兆候が出たら、誰かに言って先生に伝えてもらうこと。そうしないと、無断欠席になるからね。周りの誰でも、僕でもいい」

「はい」

基本的に、何でも、はい、と従順に答える。ただ、寮には身の回りの世話をする小間使いがおらず、自分のことは自分でするのだと伝えた時だけ、びっくりしていた。

「なんでも自分でやるよ。掃除も洗濯も」

「ぼく、やり方がわからない……」

まるで主人が召使いに落ちたかのような、悲痛な顔をする。レオンは苦笑した。

「最初はみんなそうさ。やり方を教えるから大丈夫」

励ましてみたけれど、うろたえるユーイを見て、これは当分、つきっきりで見てやる必要があるなと考えた。

どうにか一通り案内し、ユーイの部屋へ連れて行き、まずは荷ほどきをしてみようか、と提案する。

「こっちの戸棚に、荷物を片付けるんだ。あとで様子を見にくるから、とりあえず自分でやってみよう。失敗してもいいからね」

年少組の生徒に教える口調で言い、まだ心細そうにしているユーイをなだめてから、レオンは寮を出て森へ向かった。

小川の近くに、大きな楢木がある。二人きりで会う時はここに来るのが、互いの間の暗黙の了解となっていた。

レオンの到着から少し遅れて、アレクシスが走ってやってきた。彼も上級生の寮の寮長になったから、忙しいのだ。

「引っ込み思案というか、ずいぶん箱入りなんだな。お前が甘やかしたからじゃないか？」

開口一番、レオンは笑いながら言った。むろん、ユーイのことだ。アレクシスは肩をすくめる。

「特別、甘やかしたつもりはないぜ。初めて会った時からああなんだ。ずいぶんましになったんだよ。まあ、母はユーイが気に入って甘やかしてるけど。あの通り従順だし、皇族の血を引くオメガだからな」

アレクシスは言いながらため息をつき、楢木の幹によりかかった。レオンも彼の隣で幹に背をもたせかける。

寮が別れてから、ここで何度もこうして、アレクシスと話をした。歳を重ねてもこの場所の景色は変わらない。

「ユーイの後見人と、宰相閣下が友人なんだ。それで父が預かることになったんだけど」

アレクシスの父は宰相の側近だ。母も宰相の親戚だから、宰相と繋がりを持つユーイに好感を抱いているらしい。

ユーイの父は、一代前の帝の子息で、今上帝《きんじょうてい》の兄弟にあたるそうだ。臣籍に下った父は正室の他に何人も側室を持ち、ユーイは庶子として生まれた。

母は子供の頃に亡くなり、父も病に伏したため、ユーイはいよいよ身の置き所がなくなってしまった。父は自分が生きている間にと、遊学に出したという。

オメガだとわかった今、母国に帰ってもアルファに嫁ぐ以外に道はない。ユーイは他の男子と同じように勉強を続けたいと考えていた。彼の国には、オメガが入れる大学はないので、こちらの大学に入りたいと言っていたらしい。

ドイツ帝国では高等教育を受けた者は、「教養市民」とみなされ、これが何かと有利に働く。オメガであっても、努力次第でベータの男性と同程度の仕事に就ける可能性がある。並々ならぬ努力と、強靭《きょうじん》な精神が必要ではあるが。

「彼も複雑なんだな」

オメガというのは、どの国でも生きづらいものなのだろう。レオンは嘆息する。

「お前は？　家は大丈夫なのか」

　聞かれて、父の催促を思い出した。アレクシスを捕まえろと、この夏も執拗に手紙が来たが、友人以上の関係ではないと濁している。少しでも匂わせれば、今度はヴューラー家に資金援助を頼めないかと言ってくるだろう。

「事業が思わしくない。どの程度なのか、聞いても詳しくは教えてくれないけど。かなりまずい状況みたいだ。でも、卒業までの学費はなんとか出してもらえたよ」

　それも半分は、母方の親戚に援助をしてもらったのだ。もし援助がなければ、奨学金に頼るところだった。学年主席のレオンなら問題ないが、そうなると今、奨学金をもらっている同級生が退学しなければならなくなる。奨学生の枠は、一学年に一人しかないのだ。

　毎年、そうした葛藤や苦労があるのだが、アレクシスにあまりそうした部分を見せたくなかった。

「大学は」

　アレクシスが短く尋ねた。だらりと伸ばした手の先が、アレクシスの手に触れた。離そうか迷って、そのままにする。すると、相手の手がそっと重なった。

「……大学は、行きたい」

　一瞬、息を詰めてしまった。それでも表面上は素知らぬふりをしていると、アレクシスはしっかりとレオンの手を握った。

今年は卒業試験《アビトゥーア》がある。試験の成績によって、大学に行けるかどうかも決まる。

就職のために大学に行きたい。できればアレクシスと一緒に。そして就職して実家を離れることができたら、できればアレクと結ばれたい。彼と結婚したい。将来の希望のためには、大学進学が不可欠だ。

「帝都の、奨学金を受けられる大学を狙おうと思ってる。アレクも、帝都の大学に行くんだろ」

アレクシスは帝都の大学に行って、その後は文官になると以前から言っていた。

「うん。なあ、同じ大学を受けようぜ。それで、帝都にあるうちの家から通えばいい。俺も大学が決まったらそこに住む」

「いいのか？　俺はオメガだし、ご家族は……」

それは非常にありがたく、魅力的な誘いだった。だが、本当に可能なのだろうか。

帝都にあるヴューラー邸は別邸で、本宅は領地にある。しかし、アレクシスの両親は夏と冬以外、基本的に帝都で暮らしているはずだった。

「帝都の屋敷には別棟があるから、そこに住めばいい。レオンのことは両親も知ってるよ。成績優秀なレオンのおかげで、俺も勉強を頑張るようになったって喜んでる」

「……本当に？」

子供の時以来、アレクシスの両親に会ったことはない。でも、業突《ごうつ》く張《ば》りで見栄っ張りな父のせいで、アーレンス家は貴族全体から疎まれている。

兄の愚行も耳に入っているはずだし、そんな家の子が息子と友人なんて、よく思われていないだろうと思っていた。

でもそれは考え過ぎだったのかもしれない。アレクシスの明るい瞳を見てホッとした。

「ああ。だから一緒に大学に行こう」

力強い言葉に、胸が熱くなる。握られた手を、しっかりと握り返す。

「うん。大学に行く。僕も文官になって、そうしたら家を出て自由になれる」

オメガは軍人にはなれないが、文官ならまだ、狭いながらも道がある。高等教育を受けてきちんとした仕事に就けたら、独立して家からも自由になれる。

そうしたら、アレクシスに対しても何の負い目もなく告白できる。

「決まりだ。まずは卒業試験だな」

「うん」

握り合った手が熱かった。小川のせせらぎと、風にそよぐ葉擦れの音を聞きながら、レオンの心は希望に満ちていた。


最終学年は、思っていた以上に忙しく大変だった。

試験勉強をしながら、寮長の仕事もこなさなければならない。間に訪れる発情期に身体が思うようにならず、その期間は勉強も滞りがちだ。

さらに同じ寮のユーイの存在が、じわじわと悩みの種になっていた。

ユーイがなかなか周囲に溶け込めずにいるのだ。

基本的に、アレクシスやレオンの言うことは素直に聞くのだが、頑固なところがあって、同級生の輪に自分から入ろうとしない。

学校では、どうにかしてできる限り、アレクシスのそばにいようとするし、寮ではレオンにくっついていたがる。

それではレオンたちが卒業したら困るからと、何度も言って聞かせるのだが、気づくとアレクシスのそばにいたりする。

おまけに身体が弱く、体育の授業は休みがちで、何かの当番になると身体がだるいと言って起きることができなかった。

あいつはずる休みだ、と、同級生たちから不満が出るが、発情期の症状が重いとか、そのつど理由はちゃんとあるので、すべてがずる休みとは言えない。

ただ、彼の苦手な科目や行事、誰しもが面倒だと思う当番になると、決まって体調が悪くなるので、ずると思われても仕方がない。

それについてアレクシスが叱ると、泣きそうな顔をして、レオンに目ですがってくる。

そうなるとレオンも、「まあまあ」と、間に立ってアレクシスをなだめるしかなかった。

授業以外はいつも上級生の、それも寮長がいるグループにくっついているから、ユーイは周りからどんどん浮いていく。

「彼、すごく強《したた》かだよね」

エミールが淡々と、そんなことを言った。もちろん、ユーイのいる前では言わない。昼休み、食事の後にたまたまアレクシスが教師に呼ばれ、ユーイがそれに用もないのにくっついて行った時だ。

他の友達も近くにおらず、教室の隅でレオンとエミールは二人、空いた席に座って話をしていた。

「彼ってユーイのことか。強か？」

それまでユーイについて話していたから、彼がユーイを指していることは明白だったのだが、強かという表現がピンとこなかった。

しかしエミールは、呆れ顔でレオンを見返した。

「強かだろ。強心臓だ。でなきゃ、あんなに浮きまくってるのに、上級生のグループに混ざったりしないよ」

いつも飄々としているエミールの声に、珍しく皮肉の色が混じっていて、驚いた。

「彼がグループに混ざるのは、僕は構わないけどさ。今まで僕ら平和にやってきたのに、引っ掻き回されないか、心配」

「引っ掻き回すだなんて」

確かにユーイが同学年の生徒に溶け込めないことには、頭を悩ませている。でも掻き回される、というほどの認識はなかった。

ユーイは慣れない異国の、それも寮生活に戸惑っているだけだ。やんごとない生まれでもあり、日本では使用人にかしずかれる生活だったようだから、馴染むのに多少の時間がかかっても仕方がない。

それに何より、オメガだ。心細いに決まっている。ユーイだって大変なのだ。

「彼、アレクシスにべったりじゃないか。レオンにも懐いてるふうだけど、君がいないところでは、アレクシスの恋人みたいにしてるよ」

レオンがユーイを擁護するより早く、エミールが言った。アレクシスの恋人、という表現にぎくりとする。

実際、そういう噂がちらほら出始めていることを、レオンも知っていた。

ユーイがヴューラー家に居候していることは、彼が転校してすぐ学園中の知るところとなった。おまけにいつも、アレクシスといる。

二人は婚約するのではないか、いやもうしているのだ、という噂を聞いた。

でも、実際にヴューラー家でそんな話が出ていれば、アレクシスはレオンに話しているはずだ。だから、噂は単なる噂なのだ。

「レオンが気にしてないなら、いいけどさ」

レオンが言葉に詰まるのを見て、エミールは取り繕うように言った。

間もなく、アレクシスとユーイが教室に戻って来て、ユーイがアレクシスに追い返されているのを見ているうちに、昼休みは終わった。

エミールがその後、ユーイについて何か言ってくることはなかった。

ユーイは変わらずレオンたちのグループに混ざり、そのことで頭を悩ませつつも、アレクシスとレオンは時おり、森の楢木で会って二人の時間を過ごした。

あっという間に秋が過ぎて冬休みになり、アレクシスとユーイは連れ立ってヴューラー家に帰省した。レオンは相変わらず、寮に留まった。

人の少なくなった寮は快適で、勉強もはかどる。ユーイの問題で生徒たちから愚痴をこぼされることもない。休みの間は何も起こらなかった。

それまで定期的に届いていた父からの手紙が、このところ一通も来ないことだけが気がかりだった。


冬休みが明けてアレクシスに再会した時、ぼんやりとだが、何かが変わっていると肌で感じた。

ユーイは休み前と変わらずアレクシスにべったりで、寮ではレオンにくっついて回ろうとする。

以前のアレクシスなら、そんなユーイを一番に叱っていたのに、今はその気勢が削がれているように見えた。

「帰省中に、何かあったのか？」

授業と授業の合間、ユーイのいない時間を見計らって、レオンはアレクシスに尋ねた。

それくらいの隙間時間でないと、ユーイがアレクシスといない時がなかったのだ。

「大したことじゃないんだ」

アレクシスは一瞬、気まずそうに視線を逸らした後、そんな前置きをした。

「ただ、ユーイが実家に帰るなり倒れたんだ。医者は精神的なものだろうってさ。慣れない学園生活で緊張していたんだろうって」

気疲れで体調を崩したのだろう、ということだ。症状はそうひどいものではなく、数日休むと元気になったそうだ。

「ただ、母がひどく心配してさ。父も預かっている手前、ユーイに何かあったら困るからな。俺がしっかり面倒をみろって、釘を刺された」

そのために、ずっと一緒にいるというのか。しかし、根本的な解決にはなっていない気がする。

これまでも、自分たちが卒業した後にユーイが困らないために、彼を自立させようとしていたのだ。

矛盾している気がしたが、ヴューラー家で決まったことだ。アレクシスが受け入れている以上、家族の方針にレオンが口を挟むのはためらわれた。

アレクシスが小言を言わなくなったので、ユーイはますますアレクシスにべったりになり、とうとう昼休みはアレクシスとユーイの二人きりで過ごすようになった。

放課後も、時間の許す限り二人でいた。端で見ていると、恋人のような睦まじさだった。

アルファとオメガが特別な関係になるのを、学園は許さない。しかしアレクシスは、恋人ではないと、教師にも周りの生徒たちにもきっぱり否定していた。恋人ではない、ユーイとは家族であり、兄代わりなのだと。

ユーイが外国人で、慣れない異国の寮生活に苦労しているという主張や、宰相とヴューラー卿の名前が後ろにあるから、教師たちも強くは追及できなかったようだ。

ただ、生徒はアレクシスの兄代わりという主張は、言い訳だと考える者が少なくなかった。二人を恋人だと思い込んでいる生徒もいたし、下手な言い訳をしているとアレクシスを悪く言う者もいた。

レオンも心配して、アレクシスにそれとなく忠告した。

「本当にユーイとは何もないんだ。頼むから信じてくれよ」

ユーイとの関係に言及するたび、アレクシスは苛立ったように言うので、レオンはそれ以上は何も言えなくなった。

そのうち、アレクシスはレオンたちのグループから自然と遠ざかり、レオンはエミールと一緒にいることが増えた。

たまに他の友人といることもあるが、エミールはこの頃から、アレクシスの代わりとでも言うように、常にレオンのそばにいるようになった。

エミールの隣は、アレクシスとはまた違った意味で楽だった。

アレクシスといる時は、気持ちが昂ぶったり落ち込んだりして苦しいことがあるが、エミールといる時はいつも落ち着いている。相手によく見せようと張りきらず、自然体でいられる。

「僕は大学にはいかないことにした。卒業したらフランスへ行って、父の事業の手伝いをしようと思うんだ」

春になって、エミールが進路を打ち明けた。去年まではドイツの大学に進学すると言っていたが、悩んだ末、そういう結論に達したらしい。

卒業したら、みんなバラバラになる。当たり前のことだけれど、寂しかった。

「そうか。エミールは成績優秀だから、もったいない気もするけどな」

「勉強を続けたい気持ちもあるんだけどね。君やアレクと一緒に、帝都の大学に通うのもいいなって思ったりもしたけど。早く仕事を覚えたくて」

あっさりした口調で言うが、きっと答えを出すまで一人でたくさん考えたのだろう。

「卒業しても手紙のやりとりをしよう。フランスでの暮らしも教えてくれよ」

「うん。何年かに一度は、みんなで集まろうよ」

エミールとそんな約束を交わした。

後日、アレクシスと二人きりになった時に、エミールの進路のことを話した。

授業と授業の合間、教室を移動する際のほんのひと時のことだ。エミールは別の授業を選択していたのでその場にはいなかった。

五分かそこら、そんなときでもなければ、レオンはもうアレクシスと二人きりで会話をする機会もなくなっていた。

それくらい、アレクシスとユーイは四六時中、一緒だったのだ。

エミールが進学しないと聞いて、アレクシスは「知らなかった」と、驚いていた。

「あいつ、俺には肝心なことを何も言ってくれないんだもんな」

「話す機会がなかっただけだよ。アレクは最近、いつもユーイと一緒にいるし」

思わず、嫌味のようになってしまった。

アレクシスもムッとして、「仕方がないだろ」と、言い返した。

「それにお前だって、エミールとばかりいるじゃないか」

「アレクがユーイとばかりいるからだろ。いつもの場所にだって、もうずっと来てない」

レオンも苛立って言い返した。二人きりの約束の場所、森の小川の楢木に、もう長いことアレクシスは来ていない。

たまに一人で行ってみたりもするのだが、いつまで待ってもアレクシスは現れない。

寂しかった。冬休みに入る前は、アレクシスもきっと自分と同じ想いでいるのだと、希望と確信に満ちていたのに、今は気のせいだったかもしれないと思い始めている。

大学のことも、帝都のヴューラー家に居候させてくれる話も、ただレオンに同情していただけかもしれない。親友として手を差し伸べてくれただけかも。

冬の間にアレクシスは変わってしまった。

最初は何か事情があるのだろうと思い、打ち明けてくれるのを待っていたが、春になってもアレクシスは何も言わない。ただ、ユーイと二人でいる時間が増えていくばかりだ。

「俺は……」

アレクシスは何か言いかけ、口をつぐんだ。ぎゅっと拳を握る。それきり何も言わず、彼は身を翻した。

「あ……」

引き留めようとしたが、アレクシスは早足で中庭を横切り、向いの校舎へ移動してしまう。何を言おうとしたのか聞けずじまいだった。

その後もアレクシスとはすれ違うばかりで、彼の隣に自分ではなくユーイがいるのを見せつけられるたび、苛立ちが募った。

だからある日、寮でユーイに呼び止められた時、つい、険のある返事をしてしまった。

「大した用じゃないなら、後にしてくれないか。忙しいんだ」

ユーイは、びくっと怯えたように身を震わせる。それから悲しげに目を伏せた。

そんな反応をされたら、こちらがひどくいじめているような気になる。

「ごめんなさい。でも、あの、レオンさんにお話ししておきたいことがあるんです。どこかでお時間をいただけませんか」

相談なら、アレクシスに言えばいいじゃないか、という言葉が喉元まで出かかる。これは八つ当たりだ。ユーイは悪くないのに。

「わかった。談話室に行こうか」

進行方向とは反対の談話室へ向かおうとしたのだが、ユーイは立ち止まったままだ。

「あの、そうじゃなくて……二人きりで。すみません」

消え入るような声でつぶやく。ユーイは何かにつけて、こうして自信なげに話す。アレクシスといる時はもっとはっきりしているのに、いなくなると途端に迷子の子犬みたいにおどおどするのだ。

以前は、ユーイがおどおどしなくてすむように、みんなと馴染めるようにと心を砕いてきたのだが、半年経っても何ら変わらないユーイに、今ではレオンも諦めていた。

「僕の部屋でいいか？　じゃあ行こう」

相手がこくりとうなずいたのを見届けて、レオンは自分の部屋に向かう。ユーイも数歩遅れてついて来た。

レオンの部屋に入り、ドアを閉める。自分はベッドに腰かけ、ユーイには一脚だけある椅子を勧めたが、彼は入り口のドアに張りつくようにしてそれを断った。

「あの、すみません。ずっと謝りたかったんです」

こちらが話を促す前に、ユーイは口を開いた。

「謝る？」

「ずっと……僕がアレクを独り占めしてたこと」

言って、ユーイはちらりと上目遣いにこちらを見た。それが卑屈そうで、しかしこちらを馬鹿にするようにも見え、レオンは頭に血が上った。

「独り占め？　僕たちはもう子供じゃないんだ。謝ることでもないだろう」

レオンがきつい口調で言うと、ユーイはおびえたように首をすくめる。

「すみません。僕はてっきり……レオンさんも僕と同じように、アレクのこと……その」

ユーイはいつもはっきりものを言わない。だが何を言いたいのかはわかった。

彼はレオンの気持ちに気づいている。そして、自分も同じだと言うのだ。アレクシスに恋をしていると。

（ユーイは、何が言いたいんだ）

宣戦布告か？　混乱と怒り、図星を指された羞恥と屈辱が腹の中を渦巻いた。

「ごめんなさい」

レオンの気を削ぐように、ユーイはまたも臆病そうに首をすくめる。目を伏せて、まつ毛と唇をわななかせた。

「本当に話したいのは別のことです。本当は、アレクに口止めされてるんだけど。でもそのことがあったせいで、アレクは僕と一緒にいて、レオンさんが仲間外れになっているから。申し訳なくて」

仲間外れ、という物言いにカチンと来たが、それより気になることがあった。アレクに口止めされているとは、どういうことだろう。

「僕らも冬休みに、ヴューラー家に帰って知ったんです。去年、何度かレオンさんのお父さんがヴューラー家を訪ねてきたそうで」

思いもよらない人物が、ユーイの口から漏れた。

「父が？」

嫌な予感がした。そして父に関して、その手の予感は外れたことがない。ユーイは言いにくそうにうつむいた。

「借金をお願いしに来たそうです。事業が上手くいっていないとかで。卒業したら、ヴューラー家とは他人じゃなくなるから、金を融通してくれと。……なんだか、レオンさんとアレクが特別な仲だと勘違いされているみたいで」

ユーイがまた、卑屈な目でちらりと見たが、もうそれどころではなくなっていた。

「父が。何度もだって？」

昨年から、執拗だった父の手紙が途絶えていた。諦めの悪い男だから気になっていたのだが、まさかヴューラー家に直接掛け合っているとは思いもよらなかった。

アレクシスは一言も言わなかった。言えなかったのだ。

「僕らが家に戻ったら、お父様とお母様はひどく怒っていました。よりによって、問題ばかりのアーレンス家の息子にたぶらかされるとは何ごとだ、って。アレクは旅行鞄も置かないうちから玄関先で問い詰められて、ひどく責めたてられて……可哀想でした。アレクはちゃんと、弁解しました。お父さんのことは、レオンさんも知らないだろうって。それから、レオンさんと自分がただの友達だってことも」

ただの友達。いや、それは本当のことだ。アレクシスとは恋人でも何でもない。しかし、アレクの口から出たという事実に、父のことよりも打ちのめされた。

「でも、お二人は納得しなくて。お母様は特に、僕のことを気に入っていて、僕とアレクを番わせようとしているから」

アレクシスも以前、ユーイは母のお気に入りだと言っていた。結婚相手にと望むのは、当然のことかもしれない。

「レオンさんは卒業後、アレクと一緒に帝都の大学に行くって約束したんですよね？　その時、帝都のヴューラー家の屋敷で下宿するって」

「あ、ああ」

アレクはユーイに話したのか。別に秘密にしていたわけではないが、楢木での二人の会話をアレクが漏らしたのだと知って、更にショックを受けた。

「アレクは冬休みの間に、両親を説得するつもりだったんですが、そんな話をする雰囲気ではありませんでした。それどころか、レオンさんと仲良くするのも許さないと。だからアレクはとにかく、レオンさんとはただの友達だってことをお母様たちにわかってもらおうとしたんです」

レオンは友人だと繰り返し両親に話し、そして、ユーイといる時間を増やした。

「お母様は、アレクが僕の面倒をよく見ていると満足するので。アレクにとって僕は、弟みたいなものなんでしょうけど」

ユーイが最後の言葉を、悲しそうに微笑んでつけ足したので、レオンは一瞬、胸が痛んだ。ユーイもレオンと同じように、アレクに恋をしている。その気持ちはよくわかる。

「休み明け、僕とアレクがずっと一緒に行動しているのは、レオンさんより僕と仲がいいって、周りに知らしめるためです。生徒たちの中には、ヴューラー家と繋がりを持つ家の子がたくさんいますから。彼らから両親に伝わるようにと。アレクの行動はぜんぶ、レオンさんを思ってのことなんです。レオンさんを大学に行かせてあげたいって」

アレクシスのその思いは、友情か、同情か。しかしいずれにせよ、彼は何も言わず裏でレオンのために動いてくれていた。

「アレクは不器用だし、言葉も少ないから何を考えてるかわからないけど。でも、レオンさんとの友情は変わっていないと思います。新学期に入ってから、アレクが僕といるせいで二人が仲違いしてるみたいに見えて……申し訳なくて、悲しくて」

ユーイは目に涙をためて、訥々《とつとつ》と言い募る。レオンは微笑んで、ユーイに近づくと、くしゃりと頭を撫でた。

「話してくれて、ありがとう」

卑屈そうだとか、宣戦布告だなんてうがったことを考えて、申し訳ないことをした。言い方は引っかかるが、それでもユーイは勇気を出してレオンに真実を伝えてくれたのだ。

レオンは話を聞いたすぐ翌日、アレクシスを楢木の前に呼び出した。ユーイから父のことを聞いたと言うと、彼は驚いた顔をしていた。

「ユーイが話したのか、お前に？」

「ああ。けど、彼を責めないでくれよ。自分がアレクと一緒にいるせいで俺と疎遠になってるんじゃないかって、気に病んで打ち明けてくれたんだ」

口止めされていたことを話して、ユーイが怒られるのではないかと思い、レオンは咄嗟にユーイを庇った。

アレクシスはそれにも驚いた顔をして、「いや」と、口ごもる。

「……思いすごしか」

それは小さなつぶやきだった。レオンが「なんだって？」と聞き返すと、何でもないと頭を振った。

「お前の父親のこと、黙っていて悪かった。けど、融資は断ったし、二度目以降は門前払いにしていたから、諦めたみたいだ。終わった話だし、お前に言っても気に病むだけだと思って」

「気遣ってくれて、ありがとう。それにごめん。父がそんな、恥知らずなことをしていたなんて思わなかった。僕がきちんと父と向き合っていればよかった」

楽観視していた。後悔しても遅いが、考えればもっと、自分にできることがあったのではないか。

「お前のせいじゃない。それに、お前の父親はお前の話なんて聞かないんだろ」

「そうだけど……」

「お前は何も悪くない。お前に話さなかったのは、試験前に余計な心配をかけたくなかったからなんだ」

試験が終わったら話そうと思っていたと、アレクシスはかき口説くように説明した。

「お前は奨学金を狙わなきゃいけないだろ。ユーイのことは俺ができる限り面倒を見る。だからお前は試験に集中してくれ。それで一緒に大学に通おう。下宿の件だって、問題ないさ。両親も、レオンが優秀な生徒だってことはわかってる。俺が説得するから」

アレクシスの厚意は嬉しかったが、その言葉はいささか楽観的な気がした。

アレクシスと同じ、帝都の大学に通いたい。奨学金を受けて大学を卒業し、就職できれば、実家から独立できる。

家というくびきが外れれば、アレクシスにも想いを伝えられる気がした。きっとアレクシスも自分と同じ想いで、二人に明るい未来が待っていると。

でも今は、アレクシスが果たして本当に自分を想ってくれているのか、自信がない。ただの友情であって同情ではないと、どうして言えるだろう。

それに、たとえ実家を離れても、アレクシスの両親はレオンの存在を許してくれない気がした。特に母親は、ユーイをお気に入りだ。

レオンの中で思い描いていた未来が、ガラガラと音を立てて崩れていくのを感じた。

「……ありがとう、アレク。とにかく今は、試験を頑張るよ」

そうだ、今は試験だ。それが通らなくては、未来などない。

レオンは無理やり笑顔を浮かべる。アレクシスはホッとした表情を見せた。

「うん。二人で大学に行こう」

アレクシスの明るい声が、虚ろにレオンの耳に響いた。


春の半ば、生徒たちの間で卒業パーティーの話題がちらほらと口に出始める。

特にレオンたち最上級生はこの頃から、話すことといえば卒業試験とパーティーのどちらかだった。

レオンは、その話を同じ寮の十一年生に聞いた。

──アレクシスが、ユーイを卒業パーティーのパートナーに選んだ。

噂を耳にした日、寮に戻ると、玄関先にユーイが出て来て、申し訳なさそうに声をかけてきた。

「実は僕……アレクから、パートナーに申し込まれたんです」

噂は事実だった。しかも、アレクシスがユーイに頼んだのだ。

「ああ。そうだってね。聞いたよ」

なるべく、何でもない口調で言った。そうするしかなかった。内心では叫び出したいのをこらえていた。

ずっと……この学園に転校してきた時からずっと、アレクシスのパートナーに選ばれるのは自分だと、勝手に信じ込んでいた。そんな滑稽な思い込みを、誰にも知られたくない。

「ごめんなさい」

恋敵が殊勝に目を伏せるのを見て、頭に血が上った。

「なぜそこで、君が謝る」

思わず鋭い声が出た。ユーイがびくっと身を震わせる。ちょうど下級生が数名、寮の玄関に入ってくるところだった。

彼らは驚いて立ち止まり、レオンと目が合うとそそくさと脇をすり抜けた。

奥へ歩いて行く彼らが、目配せをしながら「ほら例の」「パートナーが」と、囁き合うのが聞こえた。

レオンは、今度は羞恥に顔が熱くなるのを感じた。

アレクシスとレオンが仲の良い親友だと、だったのだと、学園の誰もが知っている。アルファとオメガ、きっと特別な関係に違いないと誰もが思っていた。

でもユーイが現れ、アレクシスはユーイと行動を共にするようになり、ついには卒業パーティーのパートナーに選んだ。

レオンは選ばれなかったのだ。そのことを、学園中が知っている。

「すみません……」

レオンはため息をつき、必死に気持ちを落ち着かせた。

「よせよ。君が謝ることじゃない。アレクが君を選んだんだろ」

「はい。彼は僕を選んでくれた。そういうことだと思います」

他に誰もいない玄関で、ユーイの声はいつになくはっきりと聞こえた。顔を上げ、レオンを見る。

いつものおどおどとした表情ではなく、勝ち誇ったような、強い目力だった。

レオンは、ハッと息を呑む。レオンの驚く顔を見て、ユーイは野生動物が敵から身をひそめるように、速やかに目をそらし顔をうつむけた。

それきり何も言わず、踵を返すと早足に自分の部屋の方へ去っていった。

小柄な背中を見送りながら、レオンの耳に先ほどのユーイの声がこだまする。

――そういうことだと思います。

パートナーの申し込みをするということは、特にアルファとオメガの場合、愛の告白に等しい。

相手がいなくてあぶれているわけでもないアレクシスが、下級生のユーイを誘ったのなら、二人は関係を公にしたも同然だ。

（そういうこと、か）

胸にぽっかり穴が開いた気分だった。アレクシスは、レオンを想ってなどいなかった。

レオンは打ちひしがれ、ユーイが去った後も、しばらく動くことができなかった。

翌日から、アレクシスが教室で一緒になるたび、何か物言いたげにするのを見かけたが、レオンは気づかないふりをした。

本当は、彼に問い詰めたかった。でも、何を問えばいいのだろう。

どうして自分ではなくユーイを選んだのか？　そんなこと、聞けるわけがない。

自分たちの間には何もなく、特別な約束をしたわけでもなかった。ただ、子供の頃に一度だけキスをして、たまに手を握っただけ。

アレクシスの自分を見る眼差し、態度が優しく甘やかだと思ったのは、レオンの願望にすぎない。

パートナーのことを聞かされて数日後、エミールに声をかけられた。

「……大丈夫？」

放課後、レオンはすぐには寮に戻らず、校舎の裏にある芝生に座り込んでいた。

日が経つにつれ、失恋の痛みは薄れるどころかいや増すばかりだ。アレクシスにふられてふさぎ込んでいることを誰にも知られたくなくて、教室で友人たちといる時は普段通りに振舞うよう腐心《ふしん》していた。

そのぶん、一日の授業が終わるとどっと疲れが出る。寮に戻れば、寮長として生徒たちと向き合わねばならず、すぐに帰る気になれなくて校舎裏に座りこんでいたのだった。

帰るふりをして、人目につかない場所を選んだのに、エミールに見つかってしまった。

「大丈夫って、何が」

できれば放っておいてほしかった。そんな願いを込め、いささかぶっきらぼうに言ったのに、エミールは構わずレオンの隣に座る。

「このところ、元気がないみたいだから」

エミールの声はいつも通り、のんびりとして明るかった。聡い彼には、わかっているのだろう。レオンのアレクシスへの気持ちも、想いが砕かれてふさぐ気持ちを押し隠し、空元気を出していることも。

「見てわかるくらいか？」

そっと隣を窺い見ると、はしばみ色の瞳とぶつかった。

「いや。他の連中は気づいてないみたいだよ。君がいつも通りだから、アレクのこと、やっぱりただの友達なんだなって」

少しホッとして、それから恥ずかしくなった。他の友人たちは気づいていないが、エミールは気づいている。

「あのさ、レオン」

呼びかけてから、エミールは口をつぐんだ。足元の芝を手で引きちぎる。

「あのさ……僕とパーティーに出てくれない？」

彼が珍しく言葉をためらったのだと、それを聞いて気づいた。

「エミールはもう、相手がいるんじゃないのか？」

彼が誰かを好きなんて聞いたことはなかったが、おっとりしているように見えて要領のいい彼のことだ。当然、もう誰か相手を見つけているのだろうと思っていた。

驚いて尋ねると、エミールは小さく苦笑する。レオンから視線を外し、その表情がどこか寂しげに見えた。

「いないよ。でも探すつもりでいた。君は、アレクシスと参加すると思っていたから」

ひそめられた声、笑いを消した熱っぽく真剣なまなざしに、どきりとした。

「あ……」

レオンはたじろいだが、エミールはいつものように笑ってはくれなかった。代わりに見たこともないほど真剣な顔をして、じっとこちらを見つめる。

その表情は男っぽくて、いつもとまるで別人に見えた。

「僕が君と出会った時、すでに君の隣にはアレクシスがいた。二人はいつも一緒で、君たちの隣には立てても、その間に入る隙はないと思ってた。だから言わずにいようと思ってたんだ。ただの友達として卒業しようと。でも、アレクシスはユーイを選んだ。だから僕も、もう遠慮はしない」

知らなかった。気づかなかった。エミールが自分を想ってくれていたなんて。そして彼が、こんなにも強く感情を露わにするとは。

「君が好きだ。レオン」

真剣な声が、レオンの心を揺さぶった。嬉しかった。でも戸惑いも大きい。

エミールはいい奴だ。レオンも彼が好きだった。ただそれは、アレクシスに対するものとはまったく別の感情だった。

「僕は……」

何も答えられずにいると、エミールはふっと表情を緩めた。いつもの優しい笑顔を浮かべる。

「わかってる。君はアレクシスが好きなんだよね」

レオンはうつむいた。ためらって、それから観念した。エミールには誤魔化せない。彼の前で格好をつけても仕方がない。地面を見たまま、小さくうなずく。

「僕はアレクシスが好きだ。そう彼に打ち明けたことはないけど、ずっと前から好きだった。向こうも同じ気持ちだと、勝手に思ってた」

でも違った。もしかしたら、以前はレオンのことを好きだったかもしれない。でもユーイが現れた。

「アレクシスはユーイを選んだ。潔く諦めるしかないんだろう。それでもまだ、僕はアレクシスが好きなんだ。この気持ちをすぐには忘れられない。そしてごめん。エミール、君のことは、大切な友人だと思ってる」

「うん」

わかっている、というように、エミールは寂しげに微笑んだ。

「いいんだよ。急に切り替えろなんて言わない。でも僕の気持ちを知って、これから少しでも意識してくれると嬉しいな。そのうち、友情以上の感情が芽生えるかもしれないし」

アレクシスのことで落ち込んでいる今、エミールの前向きでめげない態度がレオンの心を温かくした。

エミールはいい奴だ。彼の気持ちを知ってもまだ、友人としか思えないけれど、でも彼の言う通り、意識して彼と接していれば、そのうち気持ちも変わるかもしれない。

「うん、そうだな。それにどのみち、僕もパートナーを探そうと思ってた。エミール、誘ってくれて嬉しいよ」

レオンは右手を差し出した。エミールははにかんで右手を出しかけ、それを制服の裾でなすった後、改めて差し出した。二人で小さく握手を交わす。

翌日、レオンとエミールがパーティーのパートナーになったことを、数人の友人に打ち明けると、その話はまたたく間に広がった。

教室でアレクシスと顔を合わせた時、表情をこわばらせ、何か言いたげに近づいてきた時があった。しかし、彼の隣にはいつものごとくユーイがいて、レオンに近づいたアレクシスを呼び止め、アレクシスがレオンを呼ぶことはなかった。

アレクシスと、教室でたまに言葉を交わすことはあるが、込み入った話題になることはない。教室以外では常に、アレクシスの隣にユーイがいて、レオンの隣にはエミールがいる。

アレクシスと二人きりで話をする機会には、ついぞ恵まれなかった。

彼との距離がどんどん離れていく。もはやアレクシスが何を思い何を考えているのか、レオンには理解できない。

それでも、レオンはアレクシスへの想いを断ちきれなかった。

時折、気を緩めるとふと彼を見てしまう。そういう時、不思議とアレクシスもレオンを見ていた。

物言いたげに瞳が揺れて、でもすぐ逸らされる。あるいは、レオンが先に逸らす。

今の視線は何だったのだろうと悶々としながら、でも直接相手に問いかけることはない。

ほんの一言、話しかける勇気すら、今のレオンは失っていた。これ以上傷つきたくなく

て、ただただ彼との交流を拒絶していた。

卒業したら、大学に進学できたら。その時はまた、アレクシスの友人に戻れるだろうか。彼の家に下宿する話はもうないのだろうが、でも帝都の大学に行きさえすれば、友達としてそばにはいられるかもしれない。

ただの友達でもいい。アレクシスと離れたくない。だから卒業試験を頑張って、大学に行く。

今のレオンは、それだけが日々のよすがだった。


春が終わり、夏に入った。例年通り、学園中がざわめき浮足立つ。

最上級生は卒業試験間近で、他の生徒たちも学年の総仕上げの定期試験がある。それが終わればダンスパーティーだ。

試験の直前には、レオンもさすがに勉強に没頭した。落ち込んでいる暇もない。

試験の日は幸い、発情期と重ならなかった。

オメガの生徒は発情期になった場合、寮に設けられた部屋で舎監の監視のもと、試験を受けさせられる。

よって、試験の前のオメガの生徒たちはいつも、他のアルファやベータより神経を尖らせているのだが、幸いにも今年はレオンを含めてオメガの生徒は誰も、試験と発情期が重ならずに済んだ。

これはすごく幸運なことだ。幸先がいいかもしれない。

何事もなく試験は進み、最終日の朝、レオンは上向きな気持ちのまま、学校へ行く身支度をしていた。

昨日までの試験科目は、すべて順調だった。力を出しきって、やれることはすべてやれた。連日寝不足で身体は重かったけれど、気分はむしろ晴れ晴れとしていた。

試験さえ終わったら。自分は今よりもう少し、自由になれる気がする。

「レオン」

校舎へ向かう途中の道で、アルファやベータの生徒がいる寮と道が合流する。その分岐路にアレクシスが立っていて、声をかけられた。

いつもはオメガの寮までユーイを迎えに来て一緒に登校するのに、今日は珍しく一人だった。

ユーイは、レオンより先に寮を出たはずだ。試験の最中は遅刻がないよう、寮長として生徒たちの登校を確認しているから、間違いない。

「どうしたんだ」

思わず言った。何かあったのだろうか。同時に、久しぶりに二人で話せたことが嬉しかった。

アレクシスはレオンの問いかけにすぐには答えず、辺りを窺うようにぐるりと首を回してから、レオンの隣について歩き出した。

「今日、試験が終わった後。いつもの場所で待っていてくれないか」

口早に、そして声をひそめてアレクシスは言った。表情は思い詰めたように真剣だった。

「二人きりで話したいことがある」

何を話すのか。ユーイはどこにいった？　聞きたいことはいくらもあったが、アレクシスの雰囲気に圧《お》されて、ぎこちなくうなずいた。

「それじゃあ放課後。……待ってるから」

アレクシスはホッとした顔をして言うと、足早に校舎へと歩いて行った。

（なんの話だろう）

考えたところで、答えは出ない。でも、久しぶりにアレクシスに話しかけられて嬉しかった。今日の試験さえ終われば。

二人きりで、楢木の下でまた話ができる。

不安と期待に胸が高鳴る。それでも校舎に着くころにはどうにか頭を切り替えて、試験に集中した。

最後の教科も、持てる力はすべて出しきって、満足のいくできだった。結果がどうなっても悔いはない。

最後の試験の終了を告げる鐘が鳴った時、レオンは身体から急速に力が抜けるのを感じた。

アレクシスはまだ教室にいたが、先に楢木へ向かうことにした。

「お疲れ様」

校舎を出たところで、後ろからエミールに肩を叩かれた。レオンは笑って「そっちもな」と、相手の腰を叩く。

「この後、みんなで街に行こうかって話してるんだ。レオンもどう？」

定期試験の終わり、上級生たちは街に出かけて羽目を外す。たまにそれで問題が起きたりするのだが、そんなバカ騒ぎもこれで最後なのだ。

魅力的な誘いだったが、断らざるを得なかった。

「アレクと待ち合わせしてるんだ。今朝、二人きりで話があるって言われて」

黙っておこうか迷ったが、正直に打ち明けた。ダンスのパートナーであるエミールに隠すのは、悪いと思ったからだ。

「彼、僕と同じくらい早く登校したのに、わざわざ寮に引き返したんだ。忘れものがあるって言って。あれ、君に会うためだったんだな」

どうやらアレクシスは、いつも通りにユーイと待ち合わせて学校へ行った後、わざわざ口実をつけて引き返したらしい。

「なんの話だろうね」

エミールが遠くを見ながら気がかりそうに言って、すぐに表情を明るいものに改めた。

「わかったよ。どんな話か気になるけど、でも話が一晩中続くわけじゃないだろ？　二人が話し終わって、その気があったら、アレクシスも誘って街においでよ」

「いいのか？」

アレクシスも一緒で。エミールは軽く肩をすくめた。

「いいも悪いもないよ。アレクも君も友達だ。それに卒業試験の後は楽しまなきゃ。泣いても笑っても、これで最後なんだから」

エミールの言う通りだ。いろいろなことがあったけれど、学園の仲間たちとバカ騒ぎができるのも、これで最後なのだ。

レオンはエミールに感謝した。彼と出会えて、友達になれてよかった。

「ありがとう、エミール。アレクも誘ってみる。あとで街に行くよ。できれば二人で」

「うん。いつもの店にいる」

約束をして別れた。レオンはそのまま、真っすぐ森に向かったが、楢木の前にはまだ、アレクシスの姿はなかった。

レオンは根元に座り、幹に背中を預ける。それからあれこれと考えにふけった。

これからどんな話をされようと、終わったらアレクシスを街に連れて行こう。

こんな日くらい、アレクシスと仲良くしたって構わないだろう。ユーイだって許してくれるはずだ。

エミールと、他の友人たちとみんなで騒いで、そうしたらこのところ疎遠だったアレクシスとも、また元通り友人になれる。

考えながら、いつの間にかウトウトしていたようだ。目を覚ました時には、日が傾きかけていた。

アレクシスはまだ来ない。試験はとっくに終わっているのに。

胸騒ぎがして、立ち上がった。何かあったのだろうか。

森を出て、ひとまず自分の寮に向かった。寮が近づいてくると、嫌な予感ははっきりとした確信に変わった。

オメガの寮の前に数人の生徒が集まっている。その生徒の一人はエミールだった。

彼がオメガの寮に来ることはまずない。よくみれば、エミールと一緒に街に出かけたはずの友人たちも混じっていた。

こちらが声をかけるより先に、エミールが気づいて駆け寄ってきた。

「レオン、よかった。探してたんだ！」

「ごめん。アレクシスが待ち合わせの場所に来なくて」

レオンが言うと、エミールは急いた様子でうなずいた。

「寮で問題が起こった。君らの寮じゃなくて、僕らの寮だ。下級生たちが、副寮長の僕を街まで呼びに来て、僕らもさっき戻って来たんだ」

今日は試験終わりで誰もが羽目を外す、特別な日である。下級生がわざわざ街まで探しに来るなんて、よほどのことがあったのだ。寮長のアレクシスもどうしているのか。

レオンを探していたということは、オメガの生徒にも関係のあることに違いない。

「レオン、落ち着いて聞いてくれ」

エミールが言う。落ち着いてと言うわりに、彼の表情には焦りと困惑があった。

「ユーイが僕らの寮で発情して、アルファの何人かが巻き込まれた。詳しいことはまだ、僕らもわからない」

それから言葉を切って、レオンから目をそらす。

「アレクがユーイを助けようとして……たぶん、彼も発情に巻き込まれたんだ。はっきりしたことはまだ、わからないんだけど。でも下級生たちの話では……アレクがユーイを噛んだって」

ヒュッ、とおかしな音がした。

自分が息を呑む音だと、痺れた思考の中で気がつく。

どこを噛んだのか、などと明確にする必要はなかった。発情したアルファがオメガを噛む場所は、たった一つしかない。

アレクシスとユーイは、番になったのだ。


その後はただ、寮長としての義務がレオンを動かした。

アレクシスとユーイが番になったということが、信じられなかった。

まだわからない。はっきりと聞いたわけではない。

エミールや他の友人たちと、ひとまず他の生徒たちをなだめ、それぞれの寮に帰した。

同じ頃、オメガの寮の舎監教師が現れ、レオンとエミールは学園長のもとへ呼ばれた。

他の教師たちが居並ぶ場所で、ようやく事のあらましを聞かされた。

学園長の話によれば、ユーイは他の生徒の目を盗んで上級組の寮に潜り込み、そこで発情してしまった。

たまたまユーイの近くにいたアルファの生徒たちが発情の匂いにさらされ、理性を失いユーイを襲おうとした。

ユーイは寮の中を逃げ回り、アルファの生徒たちはそれを追いかける。騒ぎに気づいたベータの生徒が、寮長でユーイのパートナーでもあるアレクシスを探しに行ったそうだ。

校舎を出て、寮とは別の方向へ向かおうとしていたアレクシスは現場に駆けつけて……

その後の詳しい話を、教師はうやむやにしてきちんと語ってくれなかった。

「二人は街の病院に入院している。怪我をしているわけではないが、こんなことになったからね。ヴューラー家にも連絡して、家の方が病院に向かっているそうだ」

アレクシスとユーイは番の契約を結んだのか。

エミールが直接的な質問をしたが、教師たちは「二人の名誉にかかわることだから」とだけ、言うにとどめた。

何もないなら、そう言うはずだ。明言を避けたということは、アレクシスとユーイの間に既成事実があったのだろう。

レオンは、目の前が真っ暗になるのを感じた。

隣でエミールが支えてくれなかったら、正気でいられなかったかもしれない。

「残念だが、アレクシス・ヴューラーはこのまま卒業、ユーイチロウ・タドコロは中退することが決まった。問題を起こした生徒を置いてはおけないからね」

残念だが、と、学園長は沈痛の面持ちでつぶやく。名家から預かっている生徒二人が問題を起こしたのだ。

「この話は、寮長と副寮長だから打ち明けたが、口外しないでもらいたい。その場に居合わせた生徒には君たちからも口止めをしておいてくれ」

それで、レオンとエミールは解放された。二人は言葉少なに別れ、寮に戻ると、もうはや、生徒たちは事件で大興奮だった。試験が終わった解放感もあって、余計に神経が高ぶっているのだろう。

なぜユーイはあちらの寮に潜り込んだのか。アレクシスと逢引きするつもりだったのだと、多くの生徒たちが言った。レオンはそれをいさめて回る。

真実はわからない。でもきっと、生徒たちが推測する通りだったのだろう。いずれ二人は、番になる運命だった。それが少し早まっただけだ。

アレクシスがレオンを呼び出して、何を話したかったのかわからない。しかしもうそれも、どうでもいい話だった。

ユーイとアレクシスの事件と、試験の終わりとで、学園は例年にない狂乱にあった。騒ぐ生徒たちをなだめるうちに、一日経ち、二日経った。卒業はすぐ目の前だ。

パーティーの前日、街の電信局から、レオン宛の電報を携《たずさ》えて配達人がやってきた。アーレンス家の家令からで、母が倒れたのですぐ帰省してほしいとのことだった。

なぜ父ではなく、家令の名で電報が来るのか。電報を打つほど母の容態が悪いのか。とにかく家に帰らねばわからない。レオンは教師にわけを話し、すぐさま帰省の支度をした。それからエミールのところへ行く。

母の容態はわからないが、どちらにせよ、ダンスパーティーには戻って来られないだろう。エミールに、パーティーに参加できなくなったことを謝罪した。

「こんなことになって、本当にごめん」

「気にしなくていい。それより早く帰ってあげなよ」

「うん。今まで楽しかった。ありがとう」

エミールがいてくれてよかった。言うと、エミールは照れたように笑った。

「約束通り、フランスから手紙を書くよ」

「うん。僕も落ち着いたら、君の実家宛に手紙を書く。また会おう」

残念だけど、これが永遠の別れではない。

エミールと握手をして別れ、副寮長に引継ぎを済ませると、急いで列車の駅へ向かった。

アレクシスのことも気にかかる。しかし彼とユーイのことはまだ、気持ちの整理がついていなかった。実家に戻って、アレクシスの友人として冷静に振る舞えるくらいになったら、連絡を取ろうと思った。

こうして楽しかった学園生活は、あまりにも呆気なく終了した。

レオンは久しぶりに実家に帰り、そして現状を知って愕然とする。

以前より、いっそう荒れ果てた屋敷に、父の姿はなかった。

使用人にも暇を出し、残されたのは寝込んだ母と家令だけ。その家令もレオンに後を引き継ぐと、早々に去っていった。これ以上の義理はないとばかりに。

父の事業の失敗が続き、アーレンス家は破産した。破産を母と家令に告げた翌朝、父は屋敷から消えていた。彼は借金も何もかも放り出し、一人で逃げ出したのだ。

それを知った母は、現実を受けとめきれず倒れてしまったのだという。

レオンに残されたものは、何もなかった。学園から持ってきた鞄の荷物、それがレオンの全財産だった。


レオンはその後、弱った母を連れて母の実家に身を寄せることになった。

アーレンス家は断絶した。父が逃げ、兄の行方は知れず、残った息子はオメガで家督は告げない。

屋敷はとうに抵当に入っていて、家の中で売れるものはすでにほとんど売り払っていた。

レオンと母は、ほとんど着の身着のままで母の実家を頼らねばならなかった。

父を恨んだ。どうしてこうなる前に一言言ってくれなかったのか。

けれど同時に、家が借金まみれだと知っていながら、学校に通って大学進学まで考えていた、呑気な自分を愚かしく、不甲斐なく思う。いくら後悔しても、もうどうにもならないけれど。

母の実家は、二人が身を寄せることをとりあえず許してくれたが、明らかに迷惑そうで冷淡だった。

無理もない。母の実家はレオンの伯父が継いでいて、伯父夫婦とその長男夫婦、さらにその子供が四人住んでいた。貧しいわけではないが、裕福でもない。ベータの一族の中で、オメガのレオンは異質な存在として扱われた。

特に発情期が来ると、気味悪そうに遠ざけられる。

母は破産と父の失踪があって、気鬱の病に陥っていた。一日中部屋にこもり、ぼんやりしている。かと思えば死にたいと言って泣き出すので、目が離せなかった。

居心地の悪い思いをしながら、レオンは使用人と一緒になって働いた。

学園から卒業試験の結果が届き、希望していた大学への進学が許されていたが、母を置いて行けない。それにアレクシスと結ばれる希望が断たれた今、大学に行こう、という気力を失っていた。

大学を諦め、仕事を探すことにした。けれど伯父の家は片田舎にあり、オメガが就けるような仕事はない。

伯父夫婦は、どこでもいいからアルファの家に嫁いで欲しかったようだが、レオンは、まだ母が心配だからと濁した。

本当は、どうしても思いきれなかったのだ。アレクシス以外の男に嫁ぐことは、レオンにとってはみじめな居候暮らしよりもつらいことだった。

二年間、レオンは伯父の家で下働きをしながら、母の看病をして過ごした。

その間、エミールとは何度か、手紙をやり取りした。

父が破産して逃げ出し、アーレンス家が断絶したことは伝えていたが、母の実家でみじめな居候暮らしをしていることは書けなかった。エミールの手紙はいつも楽しげで、新たな生活の驚きと希望に満ち溢れていたからだ。

自由で、お金があって、大いなる将来が約束されている。

彼には彼で苦労もあっただろう。でも、レオンの苦労とはまるで違う。

レオンは手紙に、母の看病をしながら伯父の仕事を手伝っていると嘘を書いた。

伯父が学費を出してくれると言っているので、母の容態が良くなったら帝都の大学に入るつもりだ、とも。

幸い、母は時間と共に少しずつ元気になっていった。しかしやがて、元通り動けるようになると、もうレオンは不要だった。

家を出ると言ったレオンを、母は薄情だと罵ったけれど、伯父夫婦にはだいぶ前から早く出て行ってほしいと言われていた。

母一人は、どうにか面倒を見る。しかしこれ以上、行き遅れのオメガまで養うことはできない。最後の情けだと、伯父はわずかな金だけは与えてくれた。

レオンは学生時代から使っていた鞄に最低限の荷物を詰め、ドイツを出てフランスへ向かった。

エミールからの手紙に、首都パリの街の華やかなこと、ドイツと違って、オメガや女性が伸びやかに生きていることが綴られていて、フランスでの暮らしに憧れを抱くようになったからだ。

伯父の家を出てからフランスに向かったものの、エミールを頼るつもりはなかった。まず、パリではなく南の港町に着き、ベータと偽って日雇いの仕事を始めたが、上手くいかなかった。

仕事を探すためパリへ流れ、何度か人に騙されたり危険な目に遭いながら、酒場のピアノ弾きの仕事にありついた。

給金は雀の涙ほど。酔っ払いに愛想を振りまき、下卑た誘いをあしらいつつ、演奏のチップで日銭を稼いでいた。

中性的な美貌のレオンは、ベータと偽っても、男たちから売春婦のように扱われた。

身も心も荒む中、たまにアレクシスの夢を見た。子供時代の夢、二人で大学に通う夢。彼と恋人になり、番となる夢。

目が覚めて夢だとわかり、死にたくなる。また救いのない一日が始まるのだと、絶望した。

その後、エミール夫妻と再会し、助け出されなければ、きっとそのまま野垂れ死ぬか、川に身を投げて自ら人生を終わらせていただろう。

だから二人には、感謝してもし足りない。

彼らのおかげで、やりがいのある仕事と住まいを手に入れた。

眠ると時おり、アレクシスが夢に出てくるけれど、日々は穏やかだ。ずっとこのまま、凪いだ心のままでいたい。もう誰にもかき乱されたくない。

そう思っていたのに。

目の前に突然、アレクシスが現れた。

三　哀れな道化師の小曲

優しい手が、労わるように頬を撫でた。甘く柔らかな感触が、頬を伝って唇に触れる。

たぶんこれは夢だろう。いつもの夢だ。

寒い。レオンが薄い肩を抱いて身震いすると、その上に暖かなものがかけられた。

懐かしい匂いを嗅いだ気がして、目を覚ます。

間近に夢でよく見る男の顔があった。これも夢だろうか。

そう思ったのは一瞬だった。男が軽く顔をしかめて目を逸らしたので、レオンは何もかも思い出した。

これは現実だ。目の前の男は、夢の中より精悍だった。甘やかな眼差しは失せ、こちらを見る黒い瞳は冷徹だ。

アレクシスはベッドから離れ、こちらに背を向けて窓辺に立った。

窓の外は真っ暗だ。今は夜の何時だろう。

ぼんやり見つめるレオンの前で、アレクシスはふうっと、気だるげに紫煙を吐き出す。

彼はズボンを履いていたが、上半身は裸のままだ。隆々とした筋肉に覆われた背中はどこか色気を帯びていて、胸が騒ぐ。

紫煙を吐く姿も堂に入っており、学生の頃とはまるで様子が違っていた。

学園で、彼が煙草を吸っているのを何度か見た。レオンも一緒に吸ったことがある。あの頃は別に美味いとも思わなかったが、大人の真似をしたかったのだ。

初めて二人で煙草を吸ったのはあの楢木の下で、アレクシスはけほっと小さく咽《む》せた後、涙目のまま「まあまあだな」と、気取って言った。

思い出して、くすっと笑う。すると、アレクシスが振り返った。

「何がおかしい」

「別に」

レオンは慌てて笑いを引っ込める。ベッドから起き上がった。裸のまま、毛布がかけられていた。さっき、アレクシスがかけてくれたのだろう。

身動きすると、下半身に疼痛が走る。顔をしかめそうになり、どうにかこらえた。

アレクシスと再会し、彼に抱かれた。

アレクシスはレオンを、男娼だと誤解していた。エミールの愛人で、彼が春をひさがせているのだと。

そしてレオンは、それを利用した。

「俺にも一本くれよ」

ベッドに座ったまま、レオンはねだった。ベッドから降りられるか、不安だったからだ。

身体が重い。体育の授業で思いきり走らされた時みたいに、足ががくがくしていた。

「取りに来い」

「動けないんだ。誰かさんが馬鹿みたいにガツガツ掘るから」

レオンがからかうように言うと、相手は苦虫を噛み潰したような顔になった。尻のポケットから煙草のケースを取り出してレオンに渡す。

一本取って口に咥えると、アレクシスが顔を近づけた。ジジッと音を立て、彼の煙草から火が移る。

レオンは肺いっぱいに煙を吸い込んだ。ぼんやりしていた頭が、ほんの少し明瞭になる。煙をくゆらせるレオンの横顔を、しばらくの間、アレクシスは黙って見つめていた。

「お前。どうしてあんな嘘をついた」

かと思えば突然、責めるように言われて、レオンは何のことかわからず、黙って相手を見つめ返した。

「男娼だなんて、嘘だろう」

怒ったように言う。レオンは何も言い返せなかった。

「身体がぎこちなかった。最初は俺に抱かれてるからかと思ったが、それにしたってもの慣れてない」

わかるものなのか。レオンはため息をつきたい気分だった。慣れているかどうか、わかるくらいには、アレクシスは場数を踏んでいるということだ。

「お前の連れが、勝手に決めつけたんだろう。うちはそんな店じゃないと、俺が来るまでさんざんうちのマヌカンが説明したはずだ」

「それは、そうだが……」

「お前だって、あの男の尻馬に乗っただろ。何発もヤッといて、今さら文句をつけるつもりか？」

レオンが強気にまくしたてると、アレクシスは「そういうわけじゃないが」と、気まずそうに口ごもった。

アレクシスが知りたいのは、どうして男娼のふりなどして抱かれたのかということだろう。それこそ今さらだ。聞いてどうするというのだ。

彼に本音を告げるつもりなどなかった。むしろ、何があっても秘匿しておきたい。

アレクシスはレオンではなくユーイを選んだ。自分が困窮の中でそれでもアレクシスへの想いに囚われている時、アレクシスは妻のユーイと幸福で何不自由ない家庭を築いてきたのだろう。

そんな彼に、勘違いでもいいから抱かれたいと思ったなんて、死んでも知られたくなかった。

「お前、変わったな」

アレクシスがぽつりとつぶやく。レオンは腹を立てた。

「昔はもっと、おしとやかな優等生だったのにって？　そりゃ、何年も食うや食わずの生活を続けていれば、心も荒むさ。悪かったな、学生時代の楽しい思い出を汚しちまって」

毛布を払いのけ、ベッドから降りる。レオンはまだ裸のままだった。裸体をさらす恥しさより、苛立ちの方が勝っていた。

床に降りたはいいが、足に力が入らず崩れそうになる。咄嗟にアレクシスが支えてくれたのを、乱暴に払いのけた。

「帰れよ。終わった途端、金も払わず、難癖つけてくる。俺の身体で楽しんだくせに。お前は最低最悪の客だ」

わめき散らすレオンを、アレクシスは悲しい目で見つめた。そこには憐憫とやるせなさがあった。レオンは余計に苛立った。

「そんな目で見るな」

憎しみを込めて睨むと、アレクシスは神の怒りに触れた殉教者のように目を伏せた。そうして、喉の奥から絞るように声を出す。

「……金に困ってるのか？」

だから、男娼の真似をしたのか。

「マヌカンの給料もたかが知れてるからな」

今は金に困っているわけではないが、迷った挙句、そんなふうに答えた。その後で、思いついてつけ加える。

「それに、お前もオメガを妻に持ったんだから、わかるだろう。発情期の前後は身体が疼く。けど、エミールは滅多に抱いてくれない。奥方に遠慮して、最近はあまり俺のところには来ないのさ」

エミールに申し訳なく思いつつ、彼の愛人だという誤解を利用する。

アレクシスの顔が見れなくて、彼がどんな顔をしているのかわからなかった。沈黙の後、「そうか」と、ため息のような声が聞こえた。

アレクシスは、レオンに深く失望しただろう。もうここに来ることもあるまい。

彼は煙草の火を消すと、黙ってテーブルの上のジャケットを取った。ポケットにあった財布から無造作に紙幣を抜くと、それをテーブルに置いた。

「今、手持ちがこれしかない」

頭を殴られたような気分になった。泣きたいのか怒りたいのかわからない。みじめで、頭の中がぐちゃぐちゃになる。

「いらない」

レオンは感情のまま突っぱねた、困惑する相手を見て、さらに悲しくなった。

「それっぽっちの金、もらったって意味ない」

自棄になって吐き捨てる。もう、さっさと帰ってほしい。これ以上、自分をみじめにさせないでくれ。

「だが、金がいるんだろう」

アレクシスだってもう、かつての旧友の落ちぶれた様なんて、見たくないだろうに。なぜ食い下がるのか。

そういえば学生時代も、レオンが大学進学の費用に困っているのを聞いて、自分の家に下宿するよう申し出てくれたのだった。

あれを、アレクシスが自分に特別な感情を抱いているからだと勘違いした。

「ご親切なこった」

あれもこれも、ただの親切心だ。勘違いした自分を愚かしく思い、レオンは皮肉っぽく言った。

しかし、アレクシスは静かにかぶりを振る。

「親切じゃない。交渉だ」

「奥さんにはどうか内密に、って？」

「また、お前を抱きたい」

挑発を遮って、彼ははっきりとそう言った。レオンは驚いて動きを止めた。

目を見開くレオンに、アレクシスが手を伸ばす。固まったまま何もできずにいると、アレクシスはレオンの手から煙草を取った。灰がこぼれそうになっていたのだ。

煙草を灰皿に押しつけると、アレクシスはレオンに視線を戻した。

「俺は、あと一年はフランスにいる。その間、ドイツには帰らない。外聞を気にせず、後腐れなく遊べる相手が欲しい」

レオンは相手の言葉を、何度か頭の中で転がした。

「つまり、俺に専属の男娼になれと？」

一年、妻には会えない。その間の便利な性処理の相手というわけだ。

「悪くない話だろう？　毎回、きっちり金を払う。お前だって、エミールの代わりに見知らぬ男に身体を売るより安心なはずだ」

言って、新しい煙草に火をつける。その間、彼は表情一つ変えなかった。

レオンは呆然としていた。

彼がまた、自分を抱くという。おそらく、何度も。

妻がいるのに、昔の友人を金で買うことに、彼は何も感じないのだろうか。

心が痛まないというなら、彼も変わったのだ。以前のアレクシスはもういない。

「……わかった。乗るよ」

ぎこちなくうなずく。ベッドの中で、アレクシスに抱きしめられた感触がよみがえった。

レオン、と何度も熱く囁かれた。レオンもアレクシスを呼んだ。熱が交じり合うあの感覚を、また彼と共有できる。

それは抗いがたい、甘美な誘惑だった。


店の二階にある事務所で、ハニーブロンドの美男子がレオンの淹れたお茶を飲んでいた。

「レオンは大人になって、お馬鹿さんになっちゃったの？」

優雅にくつろぎながら嫌味を言う。レオンは男を睨んだ。

「説教するだけなら帰れよ。店が忙しいんだから」

レオンが乱暴に言うと、彼はわざとらしく悲しい顔をする。

「はすっ葉になって、口も悪くなったし。出会った頃はお坊ちゃんで可愛かったのにな。アレクシスに恋してるんじゃない？　って聞いたら、赤くなっちゃって」

「ケヴィン」

アレクシスの名が出て、つい苛立ってしまった。さすがにからかいすぎたと思ったのか、ケヴィンは首をすくめる。

ケヴィン・シェーンハイト、彼はかつてレオンがいた学園の先輩だ。レオンが初めて発情期を迎えた夏、ほんの一時だけ寮で共に暮らした。

そして今は、エミールの妻であり、ブティック『Ａ・Ω』の資金提供者でもある。

酒場のピアノ弾きをしていた頃、レオンは貧しい暮らしがたたり、身体を壊していた。おかしな咳をするようになり、酒場からも追い出されそうになったところを、たまたま道を通りかかったケヴィンが気づき、助けてくれたのだ。

それだけでも驚くのに、なんとケヴィン・シェーンハイトは、エミール・ルービンと結婚していた。

ケヴィンの家に連れて行かれたらエミールがいて、レオンとエミールは二人で仰天した。

それから、しばらくエミールとケヴィンの家に世話になっていた。

栄養のある食事をたっぷり取り、身体を休めたおかげで、レオンは間もなく健康を取り戻し、夫妻がかねてから計画していたブティックのマヌカンに雇われたのである。

エミールは学園を卒業して二年後、父から独立してフランスで事業を始めた頃、ケヴィンとパリで出会ったのだという。

ケヴィンがパリの大学を卒業した後、エミールと結婚し、番となった。だから今、ケヴィンのうなじには、学園時代の夏にはなかった番の噛み痕がある。

エミールは、レオンがずっとドイツにいると思っていたようだ。

本当のことを打ち明けた時、気づかなくてごめんと泣かれてしまった。

エミールが謝ることなど何もない。一番困っている時、ケヴィンが見つけてくれて、エミールと二人で助けてくれた。

だからレオンは、二人に深く感謝しているし、頭が上がらない。店を繁盛させて、少しでも恩返しをしたいと思っている。

今のところ恩は増すばかりで、ちっとも返せてはいないのだが。

特にケヴィンには、再会してから甘えてばかりいると思う。エミールが仕事であちこち飛び回っているのに対し、ケヴィンは比較的時間があるので、たまにこうしてレオンの様子を見に来る。

今日も午後の遅い時間、ふらりと店に現れたのだ。

レオンはちょうど、アレクシスのことで悩んでいたところだった。

一昨日、アレクシスに再会して、彼に抱かれた。向こうには妻がいるというのに、男娼のふりをして。

それだけでも愚かしいのに、アレクシスから持ち掛けられた専属の男娼の話を引き受けてしまった。

馬鹿だと思う。でも、誘惑に抗えなかった。

自分の中で消化しきれず悶悶《もんもん》としていたので、訪ねてきたケヴィンについ、洗いざらい話してしまった。

それで、先ほどの皮肉が返ってきたというわけだ。

「からかって悪かったよ。でも、どうして話をややこしくするのかと思って。それにしても、ヴューラー家の三男がどうしてパリにいるんだろうね。彼はドイツの大学に進んで、文官を目指してたんだろう？」

「さあ。俺が知ってるのは、学園を卒業する直前までだから。そういうの、ケヴィンの方が詳しいんじゃないのか」

シェーンハイトは男爵家だ。それもアーレンス家のような没落貴族ではなく、農林業で潤沢な資産を有している。

「いや、僕もまったく。兄や従姉妹と手紙のやり取りはしてるけど、親世代とはほぼ、絶縁状態だからね。オメガのフランス混血児がユダヤ人と結婚するなんて、年寄連中にとっては疎ましいだけなのさ」

昔から、反ユダヤ主義者は一定数いる。

そしてこれは再会して知ったのだが、ケヴィンの実母はフランス人のオメガだった。ケヴィンの父とは以前から愛人関係にあったという。

実母はケヴィンを産んだものの育てるつもりはなく、父と正妻にケヴィンを押しつけた。ケヴィンはシェーンハイト家の次男として届けられたが、正妻には疎まれた。子供時代は、あまり幸せではなかったようだ。

一方、エミールも実家とは疎遠になっていた。

ユダヤ人のエミールは、両親とも敬虔《けいけん》なユダヤ教徒だ。しかし、エミール自身は信仰に熱心ではなく、戒律も守らない。

事業の手腕があるため、両親もエミールを見限ることができないようだが、仕事以外ではほとんど家族と交流がなかった。

おまけに異教徒のケヴィンと結婚した。ケヴィンはそも、神などいないという退廃思想の持ち主なので、いずれにせよルービン家には受け入れがたかっただろう。

そういうわけだから、エミールとケヴィン夫妻は血族というしがらみから半ば外れており、よってドイツ帝国貴族の情報も滅多に入ってはこないのだった。

「次に会ったら本人に聞いてみなよ、レオン。どうせ会うんだろ」

軽い口調で言われたが、その通りだとは答えづらい。レオンが次を期待していることなど、ケヴィンにはお見通しだろう。でも友人の前で、はっきり認めるのは恥ずかしい。

煙草が吸いたくなったが、ケヴィンは煙草の煙が好きではなかった。

「それで君も洗いざらい自分のことを話して、自分の想いを打ち明けるんだ」

ケヴィンの気軽な口調に、レオンは思わず目をむいた。

簡単に言ってくれる。それができるくらいなら、七年前にやってた。

「そんなことできるわけないだろ」

アレクシスにはユーイがいる。こっちは体のいい性処理の道具で、なのにその道具から「ずっと好きだった」なんて言われても、番のいるアレクシスは迷惑に思うに決まっている。

「想うだけでは、相手には通じないよ。時には覚悟と勇気が必要だ。……と、まあ、言ってはみたが、説教がしたいわけじゃない。思いきって告白して、ダメなら僕らと新天地へ行かないか」

「新天地？」

「新大陸。アメリカさ」

　相変わらず澄ましているケヴィンに、レオンは軽く目を瞠った。

「アメリカに行くのか。エミールと」

「そう。以前に話したと思うけど、エミールが向こうで事業をやりたいと言ってるんだ」

　エミールの会社は、安価で質のいい既製品の衣料を売り出して成功していたが、上流から中流の家庭ではまだまだ、仕立てが主流だ。これ以上の成長は見込めないだろうということ、でもエミールはもっといろいろなことを試したいのだと、ずいぶん前から新たな事業展開を模索していた。

「アメリカは急成長をしてるって話は聞いてたが。大丈夫なのか？」

　レオンが生まれる前からすでに、鉄道が大陸を横断し、恐ろしい速度で交通網が整備されているとは聞いていた。しかし、遠い海の向こうだ。

「うん。欧州からの移民も大勢流入してるしね。向こうに行けば、ドイツ人もユダヤ人もフランス人も、みんな移民だ」

事業拠点を欧州から新大陸に移すだけではなく、二人は移住するつもりなのだ。

そこまで考えていたなんて、知らなかった。何となく、この先もずっとこの店があると思っていたのに。

「この店は、どうなるんだ?」

「それを相談しようと思ってた。僕らはできれば、レオンも一緒に来てほしい。事業を始めるにしても、二人きりじゃ心もとない。信頼できる人間を連れていきたい」

エミールとケヴィンと、海を渡る。自分も連れて行ってもらえるのだという喜びが湧いた後、アレクシスの顔が浮かんだ。

「今すぐ決めろって言うんじゃないよ」

複雑な表情をしていたのだろう、ケヴィンが言った。

「まずは、新天地で拠点を作らないといけない。今、エミールが同じユダヤ人の伝手を使って、準備を進めてるんだ。移住までに、僕とエミールは何度か、向こうとこっちを行き来することになるだろう。できれば来年秋くらいには移りたいと思ってる」

ちょうど一年後くらいだ。まだ時間があるとわかり、少し安心した。

「もし君が一緒に来てくれるなら、この店は知人に譲るつもり。でもそうでないなら、レオンがこの街に残るつもりなら、店は君に譲りたい」

どちらを選んでも、レオンにとって損はなかった。

「俺にとってはどちらもありがたい話だ。でも、あんたたちにはよくしてもらうばっかりで……俺がこっちに残ったら、恩返しできない」

今日まで、エミールとケヴィンから多くの厚意を受けてきた。すでに返しきれないいくらいの恩があるのに、なおも与えようとしてくれる。

「特別良くしてるってことはないけどね。確かに最初に助けたのは友人としてだけど、それから君を雇ったのは、君が優秀で信頼に足る人物だからだ。残るか、僕らと行くか、どっちを選ぶかは君次第。でも僕は君に一緒に来てほしい。さっき言った通り、気の置けない仲間が近くにいてくれたほうが心強いし、それに」

ケヴィンは言葉を切ると、ティーカップを置き、何を思ったのかテーブルに身を乗り出した。

ぼんやりしているレオンの鼻先を、人差し指でちょんと突く。

「大事な弟分を遠くに置いていくのは、心配なんだ。君ときたら、擦れてるふりして純情で、苦労してるくせに、素直で情にほだされやすい。いくつになっても、汚《けが》れなき妖精さんだからさ」

レオンは顔を赤くして、相手の人差し指を手で払った。

「ふざけるな。誰が妖精だ」

ケヴィンは笑いながら席を立った。

「まあ考えておいて。それと、君の愛しの王子様と進展があったら教えてよ」

レオンは、ケヴィンの尻を叩いてやろうと手を上げた。しかしその前に、ケヴィンはさっと身を翻す。

部屋の入口にかけてあった外套《がいとう》と帽子を取ると、颯爽と去っていった。


それから三日後、アレクシスが店に現れた。再会して抱かれてから、約一週間ぶりのことだ。

その日も一度目と同様、店じまいをする直前だった。

レオンは用事があって一度、事務所に引っ込み、戻って来るとアレクシスがいたのでギョッとした。

店にいたマヌカンは少し離れた場所から、身なりのいい美男子が店内を見回るのに、熱っぽい視線を送っていた。

事務所から戻って来たレオンに、アレクシスとマヌカンの娘が、同時に気づいた。

「店長。このお客様が、オメガ用の首輪を探しているとおっしゃって」

アレクシスが口を開く前に、いそいそとマヌカンがレオンに近づいて言った。レオンは二人を見比べ、アレクシスに尋ねた。

「装飾用の首輪でよろしいですね」

うなじを守る防御用と、番を持ったオメガのための装飾用、アレクシスが求めるなら当然、後者だろう。ユーイへの贈りものだろうから。

「あ……ああ」

アレクシスは、気まずそうにレオンから目を逸らす。彼が否定しないことにちくりと胸の痛みを覚えながら、棚にある装飾用の首輪をいくつか見繕った。

「パリで今流行っているのは、こういう意匠のチョーカーです。黒髪の方には、こんな赤も映えるでしょう」

アレクシスはわずかに顔をしかめた後、それでもレオンが出した品を丁寧に見た。

「どれもあまりピンとこないな。そのケースのものはオメガ用じゃないのか」

アレクシスが指したのは、展示用のガラスケースに入った品だった。デザインは普段づかいのものだが、上質の貴石を使っていて、レオンが出したものより一段高価だ。

「オメガ用ですが、女性の首飾りにもなります。中央の石はサファイアです」

サファイアは小さく色味が薄いので、貴石としてはそれほど高価ではないが、黒い天鵞絨《ビロード》のチョーカーの中心に、繊細な白金の台座に縁どられて輝いている。

レオンの好きな意匠だった。ただ、ユーイには他に似合うものがいくらでもある。

「これをもらおう」

少しの間眺めて、アレクシスは決断した。

「いいんですか。他にも……」

「これがいい。包んでくれ」

アレクシスはこれが気に入ったらしい。レオンもそれ以上は他の品を勧めず、かしこまりましたと応じた。

マヌカンが首輪を包む間、アレクシスは小切手にサインをしてレオンに渡す。それからちらりと店内を見回した。

「もうすぐ閉店か？」

「ええ。そろそろ店じまいをしようと思っていました」

「ならこの後、食事をしないか」

アレクシスは早口に言った。マヌカンが手を動かしながら、ちらりとこちらを見る。

「食事？」

鼓動が早くなった。それは、例の交渉の合図だろうか。それとも事に及ぶ前にはらごしらえがしたいという意味か。

平静を装ったが、レオンの頭の中はたちまち混乱に陥った。

「この後何か、予定があるのか」

「ないけど……」

「なら行こう。どれくらいで終わる？」

あと三十分ほどだと答えると、

「じゃあ、それくらいに迎えに来る。買った品物はその時に渡してくれ」

言い置いて、さっさと出て行ってしまった。

「レオンさんの知り合いだったんですね。恋人？」

マヌカンが好奇心いっぱいに身を乗り出してくる。レオンは「まさか」と、一蹴した。

「妻帯者だぞ。古い友人だよ。この間、偶然再会したんだ」

娘はまだ聞きたそうにしていたが、レオンは彼女を促して、さっさと店じまいをした。

アレクシスはきっかり三十分後に戻って来た。

コツコツと店の窓を叩くので、レオンは閉じたカーテンの端から顔をのぞかせ、裏に回れと身振りで示した。

マヌカンを用心棒に送らせて、きっちり戸締りを確認する。裏口を出ると、そこにアレクシスが待っていた。

「待たせたな」

レオンが言うと、アレクシスは小さく微笑んだ。

「いいや。こっちが急に来たんだ」

「まあ、その通りだな」

レオンがすぐさま肯定すると、アレクシスは「お前なあ」と、呆れた顔になる。でもすぐ、くすっと笑った。

レオンはどんな態度を取ったらいいのかわからず、終始はすっ葉に振る舞い、アレクシスもぞんざいに応じた。

「で、どこに行くんだ。美味いものを食わせてくれるんだろ」

「新しい、人気の店だ。美味いかどうかはわからん」

それから二人は、徒歩で料理店に向かった。

アレクシスが連れて行ってくれたのは、近頃流行の地方料理の店だった。こじんまりした店内に上流階級の客は見当たらない。

料理は美味いが少し騒がしい店で、あまり話らしい話はできなかった。

「今は、叔父の仕事を手伝ってるんだ」

アレクシスはごく端的に、自分の現状を語った。どんな商売なのか、文官になると言ったのはどうなったのか、込み入ったことは聞けない。レオンも自分のことはあまり話さなかった。

当たり障りのない話をし、料理を食べて酒を飲んだ後、アレクシスは明らかに言いにくそうに、「お前の部屋に行ってもいいか」と囁いた。

「もちろん。いいよ」

郵便はがき

お手数ですが
84円切手を
お貼りください
アンケートのみは
63円切手を
お貼りください

1 7 1 - 0 0 1 4

東京都豊島区池袋 2-41-6
第一シャンボールビル 7F

（株）心交社

ショコラ文庫 愛読者 係

ご購入した本のタイトル　さよなら、運命の人《アルファ》	
住所 〒	
フリガナ 氏名	女・男
年齢　10代　20代　30代　40代　50代　それ以上	職業
あなたがよく買うBL雑誌・レーベルを教えてください	

◆当アンケートはショコラHPからもお答えいただけます。
◆皆様からお預かりしました個人情報は、今後の出版企画の参考にさせていただきます。同意なく第三者に開示・提供はいたしません。

ショコラ文庫　愛読者アンケート

この本を何でお知りになりましたか？

1. 書店で見て　2. 広告　3. 友人から聞いて　4. 当社の HP を見て
5.twitter を見て　6. その他（　　　　　　　　　　　　　　　　　）

この本を購入された理由を教えてください。

1. 書店で見て　2. 小説家のファンだから　3. イラストレーターのファンだから
4. カバー・装丁を見て　5. あらすじを読んで　6. その他（　　　　　　）

カバーデザイン・装丁についてはいかがですか？

1. 良い　2. 普通　3. 悪い（理由：　　　　　　　　　　　　　　　）

好きなジャンルに○、嫌いなジャンルに×をつけてください（複数回答可）。

1. 学園　2. サラリーマン　3. ファンタジー　4. 歴史　5. オヤジ　6.SM
7. 年の差　8. ショタ　9. 複数もの　10. 血縁関係　11. 三角関係
12. アラブ　13. ヤクザ　14. 貴族　15. エロ　16. アンハッピーエンド
17. 特殊職業（　　　　　　　）18. その他（　　　　　　　　　）

好きな小説家とイラストレーターを教えてください（複数回答可）。

こんなお話が読みたいなどの要望がありましたら教えてください。

本書に対するご意見・ご感想をお書きください。

ご協力ありがとうございました。

平静を装ってはいたけれど、アレクシスが店に現れた時から、実はそわそわしていた。食事と世間話をしながらも、内心ではあれこれと考えを巡らせていたのだ。

ただ食事をしに来たわけではないだろう。それとも前回のことを後悔して、やっぱり食事だけして帰るのだろうかと。

だから、部屋に行っていいかと言われた時は、内心ほっとした。

アレクシスにとって自分は、都合のいい性のはけ口なのかもしれない。でも、飽きずにまた抱こうと思うくらいには気に入ってもらえている。

我ながら卑屈な喜びだと自嘲しつつ、それでも胸が高鳴るのを止められない。

ユーイのことは、あえて頭から追い出した。これがいけないことだとわかっている。謝っても許されることではない。それでも止めることができないのだ。

どう言い訳したって、これは悪いことだ。自分の浅ましさ、身勝手さに気がふれて叫び出しそうになるから、考えないようにした。

「本当は宿を取ろうと思ったんだ」

レオンの葛藤をよそに、アレクシスが言い訳めいた口調で言った。

「けど生憎、なじみのホテルは部屋が空いてなかったんだ。といって、この辺りにまともな宿はないし……すまない。次からは、考えておく」

わざわざレオンを一晩買うために、ホテルに部屋を取ろうとしていたのか。

娼婦のように、蚤《のみ》だらけの木賃宿《きちんやど》で及ばれるのは悲しいが、アレクシスが言うホテルは、高級ホテルだろう。そこまで気をつかわれるとは思わなかった。

「お前が嫌じゃなければ、これからもうちに来てくれたらいい。その方が俺も落ち着く。店じまいした後は、上にはまず誰も来ないんだ。……その、エミールも」

途中でエミールの愛人ということになっていたのを思い出し、レオンは急いでつけ加えた。アレクシスは複雑そうな顔を見せたが、何も言わない。

二人は店を出て、『A・Ω』に戻った。三階へ上がる。部屋に近づくにつれ、自然に言葉は少なくなっていった。

三階へ着き、二つ並んだドアのうち、どちらを開けるべきか迷う。いくらなんでも、すぐ寝室へ行くのは性急すぎるだろう。右へ行ってお茶を出すべきか。

「ベッドに行こう」

後ろに立っていたアレクシスが囁く。レオンはぎこちなくうなずき、目の前にある寝室のドアを開けた。中に入るなり、背後から抱きしめられた。

「レオン」

ここに来るまで、一度も呼ばなかった名前を口にする。

「レオン、レオン……」

「あっ……」

強引に口づけられ、待ってくれと言う間もなかった。アレクシスはレオンを抱え上げ、ベッドへ運んだ。ベッドでもまた、幾度となくキスを繰り返す。

飢えを満たすようにレオンに触れ、名前を呼んだ。

レオンは戸惑うが、やがてアレクシスを受け入れた。互いの衣服を脱がせ、素肌で抱き合いながら、まるで愛されているようだと思う。

アレクシスはレオンを心から愛していて、身体だけでなく心も欲しているかのようだ。

「レオン」

切なげな眼差しに感情が昂ぶる。けれど、深く突き詰めるのはやめた。

この男はもう、他人のものだ。手に入るかもしれないなんて、期待を持ちたくない。これ以上、傷つきたくない。

レオンは心に鍵をかけ、目の前の享楽に浸ることにした。


「この部屋は、本当に何もないいな」

事後の気だるい身体をベッドに預け、紫煙を吐いていると、隣の部屋で飲みものを探していたアレクシスが、ブツブツ言いながらベッドに戻って来た。手にはワインの瓶を携えている。

「ワインと栓抜きしかない。グラスはどうした」

　ズボンを穿いただけの半裸だ。レオンも裸のままだった。

　性急に始まった交わりだったが、アレクシスは一度目よりもずっと優しくレオンを抱いた。前回はアレクシスの気のすむまで何度も貪られたが、レオンがあまり体力がないのに気づいたのか、レオンの快楽を引き出し、自身も二度放って終わった。

　そうして、だるそうにしているレオンの身体を濡れた布で清め、飲みものを取ってくると言って、隣の部屋に消えたのだ。

「グラスなんかないよ。直に飲めばいい」

「なんてものぐさだ。ワイングラスもないなんて」

　アレクシスは文句を言いながらも、ワインを直に飲み、レオンに差し出した。

「ほら。安もののワインだ」

「うるさい。文句があるなら飲むな」

　レオンは瓶をひったくった。アレクシスはそれに声を立てて笑う。レオンが飲んだ後、また彼が飲もうとするから、レオンは瓶を高く上げて取らせまいとした。

　じゃれ合いが続いて、またアレクシスの手に瓶が渡る。ふふん、と子供っぽく勝ち誇った笑みを見せるアレクシスを、レオンはむっつりして睨んだ。

　アレクシスと二人、事後のベッドでじゃれ合っている。

学生時代とは、どちらも明らかに態度が違う。十代の頃、二人はあまり、憎まれ口をたたき合ったりしなかった。

二人とももっと、そおっとして互いを気遣い合っていた。相手に嫌われないように、傷つけないように。当時はそんなつもりはなかったが、今こうして遠慮なくものを言い合っているのが不思議な気分だった。

「背は、あれからあまり伸びなかったな」

煙草に火をつけながら、アレクシスが言う。

「そりゃあね。オメガはアルファみたいに伸び続けないよ。お前はゴツゴツして、むさ苦しくなった」

「逞しくなったと言え」

レオンは笑って肩をすくめた。でも確かに、逞しくなった。

「兵役か」

ドイツでは、アルファとベータの男性には、兵役が課せられている。そのせいだろうと思ったのだが、アレクシスからは思いもよらぬ答えが返ってきた。

「戦争に出てたんだ」

レオンはベッドから跳ね起きた。

「戦争？　ドイツが？　いつ、どこと。怪我は」

「落ち着け。どこも怪我してないよ」

アレクシスはやんわりなだめ、立ち上がると両手を上げてくるりと一回りして見せた。それにホッとした後、取り乱した自分を恥じた。抱かれている時に、さんざん裸を見たのだ。傷などないとわかっていたのに。

「清国で紛争があって、派兵されたんだ。俺は軍籍にいたから。清まで行って、ぼんやりしてたら終わったよ」

「軍人になったのか」

文官を目指していたはずなのに、軍人になり、でも今は、フランスで叔父の仕事を手伝っているという。

この七年、アレクシスに何があったのだろう。聞きたかったが、どこまで何を尋ねてよいのかわからない。

「俺のこと、どこまで聞いてる？」

黙っていると、アレクシスが先に水を向けた。

「ほとんど、何も。ダンスパーティーの直前、母が倒れて実家に戻ったんだ。そうしたら、父が破産して失踪したって言うし、母は普通の状態じゃないし。それきり学園からは離れてた」

破産の話は、アレクシスもあらかじめ知っていたらしい。痛ましそうにうなずいた。しかし、しばらく母親の実家に身を寄せていたと打ち明けると、驚いた顔をした。

「本当か？　しばらくって、いつの話だ」

「いつって、卒業してわりとすぐ。それから母が回復するまで二年間、厄介になって……アレク？」

アレクシスは小さく悪態をついた。かと思うと額に手を当て、窓辺の椅子にどさりと腰を落とす。

「どうかしたのか」

何にそんなに動揺しているのか、レオンにはわからない。驚いていると、アレクシスは自分をなだめるように大きく息をつき、「いや」と、濁した。

「アーレンス卿が破産した話は、俺も聞いていた。アーレンス家に人をやったが、すでに屋敷は売りに出されていた。それで、もしかしたらと思って、お前の母方の実家にも手紙を出したんだ。卒業して間もなくのことだ」

レオンがそちらに行っていないか、アーレンス家の話を聞いて心配している、レオンの力になりたいという内容を送ったのだという。

その話を聞いて、レオンは胸が熱くなった。アレクシスは、レオンを気にかけてくれていたのだ。

「お前の母親の名前で手紙が戻ってきた。お前は男と駆け落ちしてフランスに行った、その後は知らないと言うんだ」

「駆け落ちだって？　俺はずっと母の実家にいたよ。毎日、彼女と顔を合わせてた」

どういうことだ。母がアレクシスからの手紙に返信していた？　レオンに一言もなく。

「どうして母が」

愕然としてつぶやいたが、すぐさま母の陰気な眼差しを思い出した。

父が、頼りはオメガのお前しかいないと言った時、祖母に似た美貌を褒めそやした時、彼女はいつもじっとりと陰湿な目でレオンを睨んでいた。

もしかして、彼女は、レオンが幸せになるのが許せなかったのではないだろうか。

仮にアレクシスとレオンが結婚したとして、母も多少は金銭的な恩恵を受けるにせよ、ヴューラー家に入れるわけではない。幸せなオメガの息子を後日《あとめ》に、自分は変わらず生家の厄介者だ。それが母には許せなかったのではないか。

実の母を、そんなふうに疑うのはよくないのかもしれない。しかし、彼女から母親らしい愛情を向けられたことはなく、疎まれていた記憶しかない。

「すまない。俺も彼女の手紙を鵜呑《うの》みにしてしまった。咄嗟にエミールの顔が浮かんだんだ。エミールの実家に問い合わせたら、彼はフランスに出たと言うから」

二人ともフランスに行った。それで駆け落ちの相手は、エミールだと確信したらしい。

だからアレクシスは、店で再会したあの夜、あれほどエミールに怒っていたのだ。

レオンと駆け落ちまでしたのに、レオンを愛人にして別の相手と結婚し、番の契約も結んでいなかったから。

エミールの不実さに怒っていたのだ。レオンのために。

「エミールとは、フランスに来てから再会したんだ。身体を壊していたところを助けてもらった。でもその時にはもう、エミールは結婚してたんだよ」

一瞬、本当のことを打ち明けようか迷った。

レオンを最初に見つけたのはエミールの妻のケヴィンで、彼らとはただの友人なのだと。

エミールには学生時代に告白はされたが、ただそれだけだ。

しかし、アレクシスが痛ましそうにレオンを見るので、我に返って口をつぐんだ。

エミールはただの友人だと打ち明けたら、隠すと決めたアレクシスへの想いも告白しなければならなくなる。

そうしたら、どんな反応が返ってくるだろう。考えて、たちまち勇気を失った。

「自分で確かめればよかった。すまない。その頃は、俺も二番目の兄が事故に遭ったり、他にも色々あって自由に動けなかった」

アレクシスが卒業してすぐ、次兄は大きな事故に遭い、右脚を失ってしまったという。

まさか、そんなことがあったとは。驚くことばかりだ。

「大変だったんだな。今、お兄さんは？」

「車椅子で生活してる。それに、頭に障害が少し残った。それで軍籍を抜けなければならなかったし、母が大騒ぎでね。母は息子の中でも特に、二番目の兄を可愛がっていたから。心労のせいか、それから伏せりがちになってしまった」

アレクシスはそれから帝都の大学へ進み、飛び級で卒業した後、軍人になった……ならざるを得なかった。

軍人だった兄が事故で退役を余儀なくされ、ヴューラー家で軍籍の者がいなくなった。

今のドイツ貴族、特にその子息たちは、後を継ぐ長男以外は、軍人になるのがもっとも望ましい進路とされている。軍人でなければ文官だ。それでアレクシスは文官を望んだのに、家の都合で進路変更を余儀なくされたのだった。

彼はさらに、清国の内乱に駆り出され、数年を戦地で過ごすことになった。

「ただやっぱり、軍は肌に合わなかった。派兵から戻ってすぐ父と叔父に頼み込んで、軍籍を抜けて叔父の会社に入れてもらったんだ」

有名な電信会社だ。ドイツ発祥の有名な多国籍カルテルをバックに持っている。その会社がフランスの電信会社を買収することになり、アレクシスは買収先の事業整理のためにフランスにやってきたのだった。

この七年、離れている間に、二人ともいろいろなことがあった。

これまでのいきさつを語るアレクシスの横顔は、もう一人前の男の顔で、学生時代の青臭さは微塵もうかがえない。

学園の森の、楢木を思い出す。あれから遠いところに来たのだと、レオンは思う。

ユーイはどうしているのだろう。

妻と離れ、異国の地でかつての友人を抱くアレクシスは今、幸せなのだろうか。

結局、レオンは肝心なことを何も聞けず、話せずにいたのだった。


次もまた一週間後に、アレクシスは店に現れた。

今度は店の中に入らず、レオンが仕事を終える時間だけを尋ね、裏口で待ち合わせた。

彼は両手いっぱいにワインや食料を買い込んできていて、その日はレストランではなく、レオンの部屋で夕食を食べた。

次は三日後、その次は少し空いて十日後。

毎回、レオンの部屋には何もないからと、決まりごとのように文句を言いながら、食料や酒、グラスや食器を持ち込んだ。

軽い食事の後、寝室で身体を重ねる。煙草の煙をくゆらし、酒を飲みながら雑談をして、真夜中、アレクシスは静かに帰っていく。

彼が部屋に泊まることはなかった。

外套を着て去っていく彼を、レオンはベッドの上で、あるいは窓辺の椅子に座ったまま見送る。

アレクシスはいつも寝室からではなく、一度、食堂を抜けて廊下へ出た。そして彼が帰った後、食堂のテーブルの上には少なくない額の紙幣が置かれている。

レオンを買った金だ。とうの立った男娼には過分な金額で、アレクシスの気遣いを感じると共に、憐れまれ施しを受けているのだと悲しい気持ちになる。

それでも黙って受け取った。もらった金は、まとめて缶箱に入れて戸棚の奥にしまっておいた。それをどうすべきなのか、今はまだわからない。

アレクシスは来年、仕事を終えたらドイツに戻る。そうすればこのいびつな関係も終わるだろう。それまで、彼と一緒にいたい。

週に一度か二度の逢瀬はその後も続き、レオンが発情期に入ったため、十一月から十二月にかけて半月ほど中断された。

その間に、ケヴィンが様子を見にレオンの部屋に来た。

「ずいぶんものが増えたね」

食堂を見回して、ケヴィンは感心したように言った。

アレクシスが毎回せっせとものを運んでくるので、部屋には常に食料が備蓄されるようになった。食器が増え、テーブルにはクロスがかけられた。

「テーブルクロスはレオンの趣味じゃないな。あの王子様？　甲斐甲斐しいね」

そういうケヴィンも、食料を買い込んできた。レオンの発情期の頃になると、どんなに忙しくても必ず、一度は様子を見に来てくれる。

体質的に軽いから大丈夫だと言っているのだけど、心配だからと言って聞かない。母親みたいだ。でも正直、そういうケヴィンの存在がありがたかった。人気のない部屋で一人迎える発情期は、いつも心細い。

「ここには何もないからって、いつも何かしら運んでくるんだ。ありがとう、ケヴィン。抑制剤がこんなにある」

今まで決まった量だけだったのに、今回はやけに大量にあった。

「これなら一年くらいもつだろ。次の君の発情期には、様子を見に来れないから」

「向こうに行くのか。いつ？」

エミールとケヴィンは、アメリカで事業を始める準備を順調に進めていた。

来年には移住するはずだったが、現地とのやり取りがうまくいかず、予定がずれて先延ばしになっていた。

エミールが痺れを切らし、人に任せず自分たちが現地へ行くことになったのだ。先に行かせるはずだった部下をフランスに残し、エミールとケヴィン、それにエミールの会社の社員の幾人かがあちらへ渡る。

新事業を始めたら、その後は完全に拠点をアメリカへ移すそうだ。その時までに、レオンも身の振り方を考えなくてはならない。

「来年、年が明けたら。エミールはまたすぐ、こっちに戻って来るけど、僕はとうぶん、あちらへ行ったきりになる。しばらく君とも会えなくなるな」

もう二か月もない。レオンがパリに留まると言えば、ケヴィンと再会できるのはずっと先、それこそ何年か後になるだろう。事によったら、これきりになるかもしれない。

「寂しいな」

素直な気持ちが口を衝いて出た。ケヴィンはレオンを抱きしめる。

「僕もだよ。来月とは言わないけど、できればすぐ来てほしい」

たぶん、アレクシスと再会していなかったら、迷わずそうしていただろう。家族のような友人と離れるのは心細いし寂しい。

「冗談でなく、本当に来ない？」

抱擁を解いたケヴィンも、不安そうな眼差しを向ける。

「このところ、欧州の情勢は不安定だ。ドイツとフランスは緊張状態にある。今は僕らも穏便に暮らしていられるけど、いつかパリを追い出される日がくるかもしれない」

「フランスでも戦争が起こるってこと？」

確かに、数年前にモロッコで起きた二度目の内乱で、フランスとドイツはあわや開戦の事態となった。一昨年にはバルカン半島で戦争が勃発している。国際情勢はきな臭い話ばかりだ。

しかしパリは平和で、戦争のニュースはレオンにとって、遠い異国の話でしかない。

「かもしれないってこと。いつ何が起こるかは神のみぞ知るだ。神なんて、僕は信じてないけど」

「俺もだ」

いてもいなくても、何もしてくれやしない。レオンが同意すると、ケヴィンは笑った。

レオンも笑って、どちらからともなく軽い抱擁を交わす。

「向こうで待ってる」

「……うん。身体に気をつけて」

すぐに追いかけるとは、言えなかった。やはり、アレクシスの顔が浮かぶ。

ケヴィンは、わかっていると言うように、寂しげに微笑んでうなずいた。

この時すでに、予感はあった。

自分はおそらく、ケヴィンたちを追いかけては行かないだろうと。

レオンの発情期は、ケヴィンの訪れの後、ほどなくして終わった。だるさや身体の疼きが取れて、また日常が戻ってくる。

アレクシスとは、もう二週間も会っていなかった。発情期の間、彼と会えないのがつらくて、発情期を終えてからは毎日、夕方になると彼の訪れを待つようになった。

今日も来なかった、もう来ないのではないか。そんな不安が膨らんでいく。

けれど、こちらから連絡を取ることはできなかった。アレクシスが働いている会社はわかっているが、押し掛けるわけにはいかないだろう。

レオンにできるのはただ、いつかわからない彼の来訪を待つことだけだ。

アレクシスが来るのは決まって夕方で、その時刻になると不安が増す。そんなある日、夕暮れ時に現れたのはアレクシスではなく、エミールだった。

「レオン、また痩せたんじゃない？　ちゃんと食べてる？」

事務所に入るなり、エミールは心配そうにそんなことを聞いてくる。ケヴィンもそうだが、エミールは昔より、レオンに対してずいぶん過保護になった。

再会した当時、レオンが身体を壊してボロボロになったのを見ていたので、今も不安なのだろう。

「大丈夫だよ。今回も、ケヴィンがいろいろ差し入れてくれたからな。それよりも、今日来たのは店のことだろう？」

エミールとケヴィンが欧州を離れる。その前に、店の今後について話し合い、必要な事務手続きもしなければならない。一度相談したいと言われていたのだ。

「うん。いろいろ予定が狂って、君にも迷惑をかける」

「いいや。お前にもケヴィンにも親切にしてもらっているよ。まだ、残るかアメリカに行くかは決めてないいんだ。でも、もし残るにしても、ケヴィンに言われた店を譲るって話は、断るよ」

エミールは驚いた様子だった。レオンはあらかじめ、考えていた言葉を続けた。

「考えてみたけど、俺はやっぱり雇われ店長の方が性に合ってる。オメガのオーナーなんて聞いたことがないしね」

「それは……でも、僕らが渡米した後も、僕の秘書だった男に店の助力を頼むつもりだよ。何もかも任せきりにはしない」

エミールなら、そう言うと思っていた。のんびり構えているようで、周到な男だ。一見、ケヴィンの方が細かそうに見えるが、実はエミールの方が細やかな気遣いをする。

「ありがとう。気持ちは嬉しいよ。でもオーナーとなると、俺には少し重荷なんだ。残るにしても、このまま雇われの身でありたい。ここで働きたい気持ちはあるんだ。もし、エミールたちが許してくれたらだけど」

エミールもケヴィンも、レオンの今後を考えて、店を譲ると言ってくれた。友人たちの厚意がありがたい。

でも友達だからこそ、これ以上、与えてもらうわけにはいかないと思った。

彼らの従業員としてならば、まだ働いて恩を返すこともできる。でも、店を与えられたら彼らに報いることができない。

それに、彼らとはいつまでも友人でありたかった。

ほどこされるままでは、対等だった学園時代の思い出が塗りつぶされそうで嫌だった。

エミールとケヴィンとは、わだかまりなく友人のままでいたい。

レオンの言葉をじっと聞いていたエミールは、大きくため息をついた。

「許すなんて。もちろん、これからもレオンにはここで働いてほしい」

こちらの決意が固いことを理解したのだろう。それ以上、食い下がることはなかった。

「君に譲渡しない時は、さっき言った僕の秘書に店を任せようと思っていた。今度紹介するよ。フランス人のベータで、ちょっと偏屈だけど優秀な男だ」

エミールが信頼する人物だ。きっと間違いはない。

「うん。よろしく頼む」

「ここに残るかどうかも、なるべく早く答えを出してくれると助かるな。僕もだけど、アレクシスの件については特に、ケヴィンがヤキモキしてるから」

エミールには直接、アレクシスとの再会を話したことはなかった。しかし当然、ケヴィンから仔細を聞いていたのだろう。

「ごめん」

「別に責めるつもりはないよ。レオンが今もアレクを好きなのは知ってる。過去に君に恋していた者からすれば、いささか複雑ではあるけどね」

「ケヴィンに言いつけるぞ」

エミールの初恋を蒸し返されると、こちらも居心地が悪い。しかし当のエミールは「過去って言ったろ」と、しれっとしている。

「僕の身体と魂はもう、ケヴィンのものだけど。でも君への友情は変わらないつもりだ。だから純粋に心配なんだよ。君のことも、アレクのことも」

「……うん」

彼はいつも一歩離れた場所から、見守っていてくれる。でもそんな彼も、もうじき遠くへ行ってしまうのだ。

本当は、エミールたちを追いかけて、二人のそばにいるのがいいのだろう。アレクシスはレオンを抱くだけで、心はくれない。

虚しいとわかっているのに、どうして自分はアレクシスを愛することをやめられないのだろう。

「アレクへの気持ちに、決着をつけなきゃいけないことはわかってる。身体だけずるずるつき合ってるのは良くないってことも」

ユーイにだって悪いことをしている。わかっているのに。優柔不断で、自分が嫌になる。自己嫌悪に陥ってうつむいていると、エミールはテーブルに両肘をついて、「ねえ、レオン」と、優しく呼びかけた。

「君は、運命の番って知ってる?」

「運命……?　いいや」

聞いたことがなかった。番と言うからには、アルファとオメガのことなのだろうが。

「そう。じゃあこれは、ユダヤに伝わる言い伝えなのかな。アルファとオメガに生まれた者には、この世にただ一人だけ、運命で定められた相手がいるんだって。運命のアルファとオメガは、出会った瞬間から惹かれ合う。たとえすべてをなげうっても互いを手に入れたいと思うんだそうだよ。僕は初めて君と出会った時、君が僕の運命だと思った」

レオンはエミールを見たが、友人の瞳は昔を懐かしむように、優しく穏やかだった。

「でも違った」

先回りして、レオンは言った。エミールもうなずく。

「君のことを本当に好きだった。初恋だったんだ。でもケヴィンと出会って、また違う愛の形を知った気がする。みっともなく這いつくばっても、恋敵を殺してでも手に入れたい。僕の中にもそういう激しい気持ちがあるんだと気がついた」

その言葉にはレオンも驚いた。かつてのエミールは、レオンへの想いを自覚しながら、アレクシスとレオンを一歩下がったところから見守っていたのだ。アレクシスがダンスパーティーにユーイを選ばなければ、想いを口にすることもなかっただろう。

そんなエミールが、誰かを殺してでも手に入れたいと思うなんて。

「愛は偉大だな」

まんざら冗談でもなく、レオンはつぶやいた。エミールはくすっと笑って立ち上がる。

また改めて、弁護士と秘書を連れて来ると言う。レオンはエミールの帰り支度を手伝い、一緒に事務所を出た。

店はすでに店じまいをすませており、マヌカンが一人と用心棒のトマがいるだけだった。

レオンは店の戸締りをして二人に帰るように言い、エミールを外まで出て見送った。

裏口から店の入り口がある表通りまで出て、エミールはくるりとこちらを振り返った。

「店をよろしく。トマは信用のおける男だし、何かあったら僕の秘書に相談して。それでも困ったら手紙を書いて。あと、念のために信頼できる僕の親戚の連絡先を……」

「大丈夫。俺は大丈夫だよ、エミール」

段々とレオンを残していくことが不安になったのか、エミールが早口に言う。レオンは笑って友人の腕を叩いた。

「お前だってまた、一度はこっちに戻って来るんだろ。俺も、できるだけ早く答えを出すから」

エミールはじっとレオンを見下ろした。木枯らしが吹いて、彼は何度かまばたきする。

「僕は信じてるよ。運命の番を」

やがて短く、エミールはそれだけ言った。ケヴィンと自分の話ではない。レオンとアレクシスのことを言っているのだと、レオンは理解していた。

「ありがとう、エミール」

レオンとアレクシスの幸せを「信じている」と言う友人に、目頭が熱くなる。それをごまかすように、レオンはエミールの背に腕を回した。

「元気で、エミール。アメリカでの成功を祈ってる」

「ありがとう。レオン、君も身体に気をつけて」

エミールもレオンを抱擁する。次に会う時は弁護士も一緒で、もうこんなふうに別れを惜しむことはできないだろう。

長いこと、二人は黙って抱き合い、その後は感傷を振り払うように、さらりと別れた。

エミールは一度も振り返らず、レオンもそれ以上、彼の背中を見送ることはしなかった。踵を返し、店の裏口がある路地裏に入った途端、そこに大きな人影がぬっと立っているのを見つけて、悲鳴を上げそうになった。すんでのところでそれを飲み込む。

「アレクシス」

アレクシスが無言で立っていた。手にはいつものように、買い込んできた食料を抱えている。

久しぶりだ。レオンは喜びのあまり、相手の暗い表情に気づかなかった。

「ちょうど店が終わったから、中に……」

レオンの言葉を遮って、アレクシスは無言で食料の袋を差し出した。乱暴に押しつけるので、怪訝に思いながらも荷物を受け取る。袋はずっしりと重かった。

アレクシスはそのまま立ち去ろうとする。その段になって、レオンはようやく相手の様子がおかしいことに気がついた。

「おい、中に入らないのかよ」

自分でも間抜けだったと思う。でも、それくらいしか、引き留める言葉が思いつかなかったのだ。

表通りへ向かいかけたアレクシスは、ぴたりと足を止める。くるりと振り返った。

「本命の男が来たんだ。俺は必要ないだろう」

低く、静かな声に気圧され、レオンは思わずあごを引いた。

先ほど、レオンがエミールと抱き合っていたのを、彼は見ていたのだ。

アレクシスの顔からは、すべての表情がきれいに消えていた。だからこそ、彼が無表情の下に大きな怒りを抱えていることがわかる。

「……エミールには、抱かれてない。彼は仕事のことできたんだ」

レオンは迷い、けれどそれだけ告げるのがやっとだった。

「旦那には抱いてもらえなかった。だから代わりに俺に抱けって？」

唇の端をゆがめて笑う。懐の財布からありったけの紙幣を取り出すと、レオンが抱える食料の袋にねじ込んだ。

「今日の分だ。これでいいだろ」

言うが早いか、彼は表通りへ去っていった。レオンは呆然として、追いかけることも忘れていた。

「な…ん…なんなんだよ！」

アレクシスの背中が闇に消えると、レオンは思わず叫ぶ。

せっかく会えたのに。エミールとかち合って、気まずいのはわかる。でもそっちだって、ユーイがいるくせに。

次から次へと文句が溢れたが、それをぶつける相手はさっさと帰ってしまった。

やるせない思いを抱え、レオンはしばらく路地裏で呆然とたたずんでいた。

四．ヴェクサシオン

年の瀬に、エミールから秘書だという男を紹介された。

セザール・フィケという、四十がらみの男だ。今後はエミールにかわり、彼が店のオーナーになる。

偏屈だとエミールが言っていたが、見る限りでは真面目そうな男だった。ただ時おり、卑屈そうな表情を見せるのが気になった。

しかし、エミールが信頼する相手だ。きっと頼もしい人物なのだろう。

慌ただしく十二月が終わり、年が明けて、エミールとケヴィンは海を渡っていった。

レオンはそれまでエミールが行っていた業務のいくつかを任されるようになり、毎日仕事に追われていた。前より忙しくなったが、むしろそれがありがたかった。仕事をしていれば、余計なことを考えずにすむからだ。

あの日以来、アレクシスは一度も現れない。クリスマスも年明けも、顔を見せてくれなかった。不安でたまらず、何度もアレクシスの会社を尋ねようかと思った。

それから少し経つと、不安に怒りが混じり、自分はどうしてあんな薄情な男が好きで、思いきれずにいるのだろうと考えた。

「エミールの方がずっといい男じゃないか。あいつがいいのは顔だけだ。大体あいつは、学生の頃から……」

愚痴を言う相手が海の向こうに言ってしまったので、レオンは仕事を終えた夜に一人、自分の部屋でワインを飲み、壁に向かってぶつくさとアレクシスの文句をこぼした。

日が経てば経つほど、想いは薄れるどころか募る一方だ。眠れない夜、アレクシスの逞しい身体を思い出し、自分で慰めてしまう。

アレクシスは身勝手で、薄情な男だ。

学生時代、さんざんレオンに気を持たせる素振りをしたくせに、ユーイが現れると彼の言いなりになり、ダンスパーティーのパートナーに選んで、ついには番にまでなった。

事故とはいえ、それで彼と結婚したのだ。なのに妻のいない異国でレオンを抱く。

抱いた後に金を払い、客と男娼の関係なのだとレオンに思い知らせるくせに、会うたびに差し入れを山ほど抱えてくる。

お前の部屋には何もないとか、食が細いからもっと食べろとか、レオンを気遣う。二人で過ごす時間は客と男娼ではなく、古い友人同士のようで楽しかった。

なのに、今はこれだ。

自分は妻がいるくせに、レオンがエミールといたところを見て、一方的に腹を立ててレオンを切り捨てた。捨てられた後、こっちがどんな気持ちになるか想像もしないのだろう。

(本当に勝手な奴)

もうこのまま、エミールとケヴィンのところに行こう。そう決意し、エミールたちに手紙を書こうとしたけれど、途中で止まっている。

街に出て、行き交う人の中にアレクシスによく似た後姿を見かけると、思わず追いかけて声をかけそうになる。

思いきれないまま、時だけが経っていった。

「店長。僕、明日から休んでいい？」

その日、オメガのマヌカン、ジャンが出勤するなりそう言ってきた。

「発情期か。もう入りかけてるんじゃないか？」

寒い外から来たこともあるが、頬が林檎のように赤かった。目も潤んでいる。

「うん。でもまだ、今日は平気」

「いいから帰りな。アルファの客を巻き込んだら困る」

発情期のオメガを働かせているなどと噂になったら、信用に関わる。ジャンもそれがわかっているので、「ごめんなさい」と肩を落として謝った。

「謝ることじゃない。トマ、送ってやってくれ。ジャン、抑制剤はちゃんとあるのか？」

「うん……たぶん」

心もとない答えだ。上流階級のオメガとは違い、一般の、特に若いオメガは、抑制剤できちんと管理をせず、家に引きこもってやり過ごす者がいる。

薬代に困るほど貧しいなら仕方がないが、この店のマヌカンにはじゅうぶんな給金を出しているのだ。

「トマ、ジャンを送ったら薬局に寄って……いや、最近はオメガ以外、抑制剤が買えないのか。後で俺が差し入れるから、早く帰れ」

さっさとジャンを帰らせた。大袈裟だと思われてもいい、オメガの発情で事故が起ることだけは避けたい。

学園でのユーイの出来事が、いまだに忘れられなかった。

昼過ぎ、遅番のマヌカンが出勤してきたので、抑制剤を買ってジャンに届けるため店を抜けることにした。

トマがついて来るというので、断った。トマがいなくなったら、店は女の子だけになる。

「ジャンが住んでる辺りは、ここより物騒なんですよ、人の心配だけじゃなくて、店長は自分のこともう少し、気遣ってください」

トマが怒ったように言う。ぶっきらぼうな男だが、情があって信用もおける。ありがとう、とレオンは笑って礼を言った。

「昼だから何とかなるさ。すぐ戻る」

店を出て、薬局で抑制剤を買った後、食料も買い込んだ。ジャンは友人と住んでいるので、買い出しには困らないだろうが、発情期は何かと不自由だ。

あれもこれもと買い込んで、荷物はずっしり重くなった。その重みに、あの日、アレクシスが差し入れを押しつけていったことを思い出す。

ワインや食料の他、オメガの抑制剤や石鹸といった生活用品も入っていた。抑制剤は手に入りにくい、病院で処方されたものだった。

アルファの彼がどうやって手に入れたのかわからないが、簡単ではなかったはずだ。少なくとも、あの差し入れを買い込んだ時は、レオンのことを気遣ってくれていた。なのにエミールと抱き合っているところを見ただけで、怒って消えてしまうなんて。

やっぱり、アレクシスという男がわからない。わからないのに好きでいるのをやめられない。そういう自分も不可解だ。

ジャンの住まいへ行き、薬と差し入れを渡すと、思いのほか喜ばれた。涙ぐんだりするので、大袈裟じゃないかとこちらが戸惑う。

「困ってる時はお互い様だろ」

「でも、嬉しいもの。発情期の時は特に心細いから余計に」

ジャンからはすでに、発情期の甘い匂いが香っていた。やはり、朝のうちに帰して正解だった。抑制剤をきちんと飲むように言って、レオンはジャンの部屋を出た。

アパートの狭くて急な階段を下りながら、自分の身体が熱を帯びていることに気づく。

いつもよりほんの少し、時期が早いかもしれない。帰ったら抑制剤を飲んでおこうと考えつつ、通りに出た。

それからは、わき目も振らず足早に先を急ぐ。

トマが言っていた通り、ジャンが住むこの界隈は特に治安が悪かった。臭くて汚くて、ならず者がそこらをうろついている。

男娼や娼婦があちこちの路地に立っていて、少し離れた場所にポン引きらしい男たちがたむろし、煙草を吸っていた。

スリや引ったくりも多い。レオンは襟を立て、外套のポケットに手を突っ込んで肩を怒らせぎみに歩いた。

向かいから歩いてきた男たちがレオンを見て、ヒューッと口笛を吹いてからかいの声をかけてくる。無視して通り過ぎようとした時、強く肩を掴まれた。

「待てよ、お嬢ちゃん。ちょっとくらい遊んでくれてもいいだろ」

「間に合ってる」

「間に合ってる！　だってさ」

肩を掴んだ男が、レオンの口真似をした。仲間がゲラゲラ笑う。レオンは振り払って逃げようとしたが、今度は腕を掴まれた。

男はレオンの首筋に鼻先を近づけたかと思うと、嬉々とした顔で仲間に言った。

「おい、こいつオメガだぞ。しかも発情前だ。甘い匂いがする」

男はアルファなのだろう。オメガの首輪が見つかると絡まれると思い、襟の下に隠していたのだが、まさか匂いで悟られるとは。

男の言葉を聞いて、仲間たちの目の色が変わった。あからさまに舌なめずりをする者もいて、ゾッと背筋が凍る。

「発情前のオメガが、こんな所をうろついてるなんてな」

「俺たちが可愛がった後でも、じゅうぶん高く売れそうだぜ」

両腕を取られ、細い路地裏に向かって引きずられた。

「離せっ！」

叫んだところで、助けなど来ない。それでもレオンは夢中になってもがいた。

途中で顔を殴られた。目がちかちかする。それでも暴れては立て続けに顔面を殴られ、腹も蹴られた。

「手間かけさせやがって」

何度も顔を殴られたせいで、視界が揺れて定まらない。男たちは笑いながらレオンの外套を剥いだ。

「いい服着てやがる」

ズボンを引きずり下ろされ、むき出しの尻に冷たい外気が触れた。

「やだ。やめろ……」

嫌だ、嫌だ。こんな奴らに犯されたくない。

アレクシスの顔が浮かぶ。それをかき消すように、見知らぬ男の汚い顔が近づいてきた。唇をこじ開け、ぬるりと臭い舌が入ってくる。レオンは思いきりその舌を噛んだ。

男がぎゃあ、と悲鳴を上げて離れる。レオンは地面に血の混じった唾を吐き、相手の股間を蹴り上げた。男は呻いてその場にうずくまる。

レオンは力を振り絞って立ち上がると、下ろされたズボンを引き上げながら逃げ出した。

「あっ、この野郎」

仲間が追いかけようとしたが、路地は細く、うずくまった男が仲間たちの行く手を塞ぐ形になった。

ここで捕まったらもう終わりだ。レオンは必死に走った。

気づくと大通りに出ていた。路面電車とタクシーが行き交っている。

「誰か……」

通りを歩く人に助けを求めようとした。けれど、服が脱げかけ、顔中血だらけで裏路地から現れたレオンに、人々は眉をひそめるだけだ。

追っ手はすぐそこまで来ていた。このままでは、男たちに連れ戻されてしまう。

レオンはふらりと、路面電車の線路へ向かって歩き出した。目の前を車が通り過ぎる。

電車がすぐ間近まで来ている。死ぬつもりはなかったが、男たちから逃げるにはそちらへ向かうしかなかったのだ。

走りすぎて足ががくがくする。殴られ続けて頭も朦朧としていた。電車をよけきれるだろうか。

「レオン」

ふらついた足で歩く中、名前を呼ばれた。幻聴かと思った時、再び今度ははっきりと呼ばれた。

「レオン！　何してる！」

通りの向こうに、アレクシスがいた。路肩に車が停められており、彼はそこから降りてくるところだった。

「アレク……」

どうしてここに。レオンは驚くと同時にホッとして、その場に立ち止まった。

「レオン！　この馬鹿、そこで止まるな！」

アレクシスが舌打ちを一つして、こちらに走ってくる。プワン、と耳をつんざくような路面電車の警笛が聞こえた。

あ、と思った時にはもう、電車が目の前まで来ていた。

「レオン！」

力強い手が、レオンの腕を引く。傾いだ身体を広い胸が抱き留めた。

すべてがゆっくりと動いて見えた。周りの音が消え、レオンをかばうアレクシスの背後すれすれを路面電車が通り過ぎていく。

「レオン、なんだってこんな……何があったんだ」

音が戻ってきたのは、アレクシスに引きずられて路肩の車までたどり着いた時だ。

車のエンジン音、排ガスの煙と、懐かしいアレクシスの匂いがした。

「アレク……アレク！」

本物だ。そう気づいた時、どっと涙が溢れた。

「会いたかった」

子供のように泣きじゃくり、アレクシスにすがった。アレクシスは一瞬、驚いたように息を呑んだが、すぐにぐっと眉根を寄せ、レオンを抱きしめた。

「俺もだ。レオン。会いたかった」

大きな温かい手が、優しくレオンの背中をさする。

「もう大丈夫だ」

その声にホッとして、レオンは間もなく意識を手放した。

意識を取り戻した時には、見知らぬ場所に寝かされていた。

簡素だが清潔な室内にアレクシスの姿はなく、老紳士とそれにつき添う老婦人がいた。

二人は医者と看護婦で、怪我がひどいので安静にするように言った。鼻と頬の骨が折れ、右足を捻挫しているという。

「ここはどこですか」

寝ている間に、顔もずいぶん腫れてきたようだ。鼻が詰まっていて、尋ねる声はくぐもっていた。

「ホテルの一室だよ。恋人が君をここまで運んだんだ」

間もなくアレクシスが現れ、医者の言う「恋人」がアレクシスのことだとわかった。

「痛むか？」

アレクシスは心配そうにレオンの顔を覗き込んだ。こちらに手を伸ばしかけ、触れる場所に迷ったのか、すぐさま引っ込めた。

「じっとしてれば大丈夫」

「お前が血みどろで通りをふらついているのを見た時には、心臓が止まるかと思ったぞ」

何があったのか聞かれたので、レオンはジャンに差し入れをした帰り、男たちに襲われたことを話した。

「一人であの界隈をうろつくなんて。殺されていたかもしれないんだぞ」

アレクシスに怒られて、レオンも自分の甘さを認めざるを得なかった。トマにも言われていたのだ。同じオメガのジャンが住んでいるのだから、大丈夫だと高を括《くく》っていた。

でもジャンにしても、必ず友達と一緒に出勤するし、帰りはトマが送っていく。

長く貧しい生活が続き、自分もすっかり下町や貧民街に慣れたつもりでいたけれど、考えが甘かった。

「今夜は熱が出るかもしれないよ」

医者は言って、鎮痛剤の他に解熱剤も出してくれた。アレクシスがそれに、抑制剤も出してくれと頼んだ。

「彼、発情期が始まってるようなんです。甘い匂いが微かにする」

「いや、抑制剤は家に戻ればあるから、大丈夫だよ。ありがとう。もう帰らなきゃ。店を放り出したままなんだ」

レオンが言うと、アレクシスは「何を言ってるんだ」と、目を吊り上げた。

「暴行されて、大けがを負ったんだぞ。仕事どころじゃないだろう」

「でも、ほったらかしってわけにもいかない」

レオンが出かけたきりだから、マヌカンたちも困っているだろう。

「なら、俺が店に行く。エミールの連絡先も教えてくれ。あいつがオーナーなんだろ。ついでに話をつけて、休みをもらう」

エミールの名を口にすると、思い出したように「だいたいあいつは」と、さらにまくし立てた。

「どうして発情期前のお前を店に出すんだ。無責任すぎる」

完全な言いがかりだ。でも、それだけ心配してくれているのだとわかって、レオンは嬉しかった。

「エミールは悪くないよ。それに彼は今、フランスにいないんだ。いずれアメリカに移住してあっちに拠点を置くので、準備のために向こうに渡ってる」

それを聞いたアレクシスの動きが止まった。呆然とレオンを見る。

「じゃあ、お前は……」

何か言いかけ、すぐさま言葉を飲み込んだ。感情を振り払うように頭を振る。

「ともかく、今はここで安静にしてるんだ。その顔と足で店に立つなんてできないだろう。お前の部屋まで階段を上り下りするのだって難しいはずだ」

アレクシスの言う通りだった。顔は包帯でぐるぐる巻きになっていて、これでは客に応対するどころではない。

レオンは渋々うなずいて、アレクシスに任せることにした。今はエミールの代わりに、元秘書が店のオーナーになっていることを告げ、フィケの連絡先を教えた。

「わかった。悪いようにしないから、安心して寝てろ」

「うん。迷惑かけてごめん。ありがとう」
素直に謝罪と礼を口にすると、アレクシスは一瞬、痛ましそうな顔をした。それから
そっとレオンの手を取り、甲に口づける。
「また戻って来る」
アレクシスたちが出て行き、部屋にはレオンだけになった。熱っぽさを覚え、医者が置
いて行った抑制剤を飲み、また横になる。
それからしばらく眠っていたらしい。人の気配がして目を開くと、アレクシスがいた。
部屋には明かりがついていて、窓の外は暗い。ずいぶん時間が経ったようだ。
「店に行って、トマという用心棒と、マヌカンたちにお前のことを告げてきた。みんな心
配していたよ」
フィケがいる事務所にも足を運び、レオンが暴行を受け負傷したこと、しばらく療養が
必要なことを告げた。レオンが不在の間、フィケが人を寄越してくれることになった。
「ちょうど発情期だろう。ゆっくりここで休むんだ。昼間より甘い匂いが強くなってる。
もう俺は離れたほうがいいな」
その言葉に心細くなった。すがるようにアレクシスを見ると、彼は「大丈夫」と、優しく
レオンの髪を撫でた。
「俺は隣の部屋に泊まっている。何かあったらフロントに電話をしてくれ。ホテルにも話

をつけてある」

「アレクも、ここに泊まるのか？」

「いや、俺はここに住んでるんだよ。一年だけの滞在だし、どうせ寝に帰るだけだから、部屋を借りるよりホテルの方が便利なんだ。隣の部屋がちょうど空いていてよかった」

アレクシスはまたレオンの手を取って、甲にキスをした。彼の唇が触れたそこから、甘い痺れのような感覚が駆け巡る。ぞくりとして、身体の奥が疼いた。

「ごめん。すごく迷惑をかけた」

「迷惑なんかじゃない。そんなふうに考えるな。俺はお前の看病ができて嬉しいよ」

「俺に怒ってたくせに」

「……怒ってない」

アレクシスは少し気まずそうに、視線を泳がせた。

「でも、会いに来てくれなかった」

相手が終始穏やかで優しいので、レオンも甘えた言葉が出た。アレクシスは驚いたように目を瞠り、次に苦しそうな顔になる。

「すまない。ドイツに帰っていたんだ。母の葬儀に出るために」

今度はレオンが驚いた。

「お母さんが？」

どうして、という言葉が口に出かかる。まだ若かったはずだ。内心のつぶやきに、アレクシスは答えてくれた。

「肺炎でね。風邪をこじらせたらしい。次兄が障害を負ってからは、気落ちして伏せりがちだった。体力がなかったんだ」

「アレクシス。なんて言ったらいいか……」

知らなかったとはいえ、会いに来てくれないと文句を言っていた自分を恥じた。この数か月、アレクシスは身内を失って大変だったのだ。

「大丈夫だ。俺は何ともない。もともと情の薄い親子だったから。お前んちと同じさ」

それでも気持ちは揺らいだだろう。レオンだって、両親や兄が今も嫌いだが、もし彼らの死を聞かされたら、やはり胸は痛む。

レオンはどう言葉をかけたらいいかわからず、ベッドから手を伸ばしてアレクシスの腕を撫でた。アレクシスはその手を取り、ありがとう、とつぶやく。

「本当に大丈夫なんだ。むしろ、以前より自由になった」

さっぱりとした口調だった。ずっと抱えていた重しを捨てたような、すがすがしささえうかがえた。

いったい何を抱えていたのだろう。それをレオンが尋ねる前に、アレクシスはするりと握っていた手をほどいた。

「何か食べたほうがいい。お前はとにかく、怪我を治すことだけ考えるんだ」

レオンは黙ってうなずいた。

それから数日、怪我の熱と発情期が重なって苦しい思いをしたが、熱が引いた後は回復も順調だった。

アレクシスが滞在する宿は、一流ホテルほど豪華ではないが、清潔で従業員の教育も行き届いている。中のレストランから運ばせるルームサービスはどれも美味しかった。

何度か医者が来て、怪我の具合を確認した。鼻は元通りになるだろうと言われた。処方された抑制剤もよく効いて、発情期の頂点を過ぎると、アレクシスもレオンの部屋に入れるようになった。

アレクシスは何度か『Ａ・Ω』へ足を運び、レオンに店の様子を教えてくれた。それによれば、マヌカンたちはレオンが不在の間も頑張ってくれているようだ。

フィケが派遣した事務員がレオンの代わりに裏方をやっているから、特に問題もなさそうだという。

一週間もすると、足の捻挫はすっかり良くなった。顔はまだ腫れぼったいが、店に立てないわけではない。

いつまでも厄介になるのも悪いと思い、もう家に帰ると言ったのだが、アレクシスがうなずいてくれなかった。

「顔の骨がくっつくまではいてくれ。お前の綺麗な顔が元通りになるのを見届けないと、こっちが気が気じゃないんだ」

アレクシスの厚意はありがたい。特に鼻の骨は、治るまでそっとしておかないと曲がってしまうと脅されて、レオンももう少し厄介になることにした。

足の捻挫が治ると、アレクシスは毎日、仕事終わりにホテルのレストランへレオンを誘い、一緒に食事をした。

「俺にかまけてて、仕事は大丈夫なのか」

いつも早く帰って来てくれるのは嬉しいが、心配になる。アレクシスは「問題ない」と、微笑んだ。

「それより、レオンはこれからどうするんだ？」

質問の意図がわからなかった。アレクシスは言葉を重ねた。

「エミールはアメリカに移住するんだろう…お前もアメリカに行くのか」

レオンは返答に詰まった。まだ決めかねている。アレクシスに会えない間は、半分はアメリカ行きに傾いていたが、アレクシスを目の前にしたら、そんな気持ちは吹き飛んでしまった。

アレクシスと離れたくない。この男がドイツに帰るまでは、自分もパリにいたい。

「アメリカは遠いだろう。向こうもドイツと同じくらい工業化が進んでいるが、貧富の差も激しいと聞いてる。大変だぞ」

「うん……」

それはレオンも耳にしていた。ただ、向こうにはエミールとケヴィンがいる。少なくとも独りぼっちではない。

アレクシスはそのうちドイツに帰る。自分も海を渡るのが、最善なのはわかっていた。

「一緒に、ドイツに帰らないか」

さらりともたらされた言葉に、レオンは弾かれたように顔を上げた。

「今回の電信会社の買収で特別報酬をもらったら、国に帰って事業を起こすつもりだ。そうすればもう、ヴューラー家とはかかわりなく生きていける」

アレクシスは、やや早口に言い募る。しかし、彼の家のことと、一緒に帰ろうという誘いが繋がらなかった。

怪訝な顔をしていたのかもしれない。アレクシスはひるんだように言葉を切る。彼がコーヒーカップの取っ手に手をやって、すぐ引っ込めたのを見て、ひどく緊張しているのだと気がついた。

「お前がエミールを想っていることは、わかってる」

アレクシスは苦さをこらえるような低い声で、そう口にした。

「あいつを追いかけて、フランスに行くくらいだ」

驚いた。アレクシスの中でそういうことになっていたのか。駆け落ちの話は否定したし、エミールと再会したのは偶然だと言ったはずだが、レオンがフランスへ渡った理由をそんなふうに理解していたなんて。

「いや……俺は」

「最初は友達としてでいい。俺のそばにいてくれないか」

断らせまいとするように、アレクシスは性急に畳みかける。

「たとえば、仕事を手伝ってくれるのでもいい。今も店で、事務処理をしてるんだろう。お前は俺より頭がいいから、新しい仕事もすぐ覚えるだろう。もちろん、別の仕事をしてもいいんだ。家にいてもいい。一緒に住まないか」

アレクシスらしくない、いっこうに要領を得ない言葉にますます混乱しながら、レオンが思い出したのは、学生時代のことだ。

彼はあの時も今と同じように、うちに下宿しないかと持ちかけた。あの時は、彼も自分と同じように想ってくれているのだと、浮かれていた。

でも違った。アレクシスはユーイを伴侶に選んだ。

今ここで、きちんと尋ねるべきなのだろう。どういうつもりで一緒に来いと言っているのか。

ただの友情というにはあまりにも、アレクシスは真剣だった。ユーイを愛していて、なおかつレオンにこんなふうに親切にするなら、明らかにどちらに対しても不誠実だ。

何を考えているんだと、相手の真意を問わねばならない。そしてもうそろそろ、エミールの愛人だという誤解を解いて、自分の気持ちを伝えなくては。

決着をつけるべきなのだ。

「ユーイは。お前には、ユーイがいるだろ」

ぐずぐず意気地がなく迷って、やっとそれだけ口にした。

「ユーイとは結婚してない。俺は独身だ」

「えっ」

どういうことだ。彼と番になったのではないのか。

「俺は学園でユーイが発情した時、お前とユーイが番になったんだと思っていた。その場にいた生徒たちがそういうことを言っていたから」

これにアレクシスは、ひどく驚いた顔をしてかぶりを振った。

「それは事実と違う。けどあの時……そうか……そういうふうに伝わっていたのか…」

「アレクは、ユーイの番じゃない？」

「俺にはまだ、番はいない」

レオンはドキドキと胸の鼓動が早まるのを感じた。

アレクシスはユーイと結婚していなかった。学園生活の最後、あの事件で番になったわけではない。誰のものでもなかった。

「再会してからお前が、俺とユーイのことを誤解しているのは気づいてた。でもお前にはエミールがいる。誤解されたままのほうが、都合がいいと思った」

黒い瞳が切なげにこちらを見る。

レオンは、アレクシスと再会した時のことを思い出した。

そうだ、アレクシス自身は一言も、結婚しているとは言わなかった。彼と一緒に来た酔客が、アレクシスを妻帯者だと言って、レオンは即座にユーイと結びつけたのだ。

二人の間には誤解があった。今もある。誤解を解いて、気持ちを伝えなくてはならない。

「アレク」

決意を固めて、相手の名を呼んだ。思い詰めたこちらの様子を見て取り、アレクシスの表情にも緊張が走る。

真実を打ち明けようと、レオンは口を開きかけた。

「ムッシュ」

まさにその時、ホテルの従業員がやって来て、遠慮がちにアレクシスに声をかけた。

「後にしてくれないか。今、彼と話をしてるんだ」

アレクシスは微かに苛立ちながらも、やんわりと断ったのだが、男は申し訳なさそうに、

「お電話です」と、告げた。

「会社の方からで、至急の用件だと」

アレクシスの眉間に、気難しそうな皺が寄る。それから迷うようにこちらを見るので、

「行って来いよ」と、促した。これは、慌ただしくするような話ではない。

「すぐに戻る」

さっと立ち上がり、アレクシスは大股にレストランを出て行った。

レオンは給仕係に新しいコーヒーを頼み、それを半分ほど飲み終えた頃、ようやくアレクシスが戻って来た。

難しい顔をしていたから、その後、彼が何を言うかは何となく想像がついた。

「すまない。問題が起こって、社に戻らなきゃならなくなった」

案の定、アレクシスが再び椅子に座ることはなかった。

真実を打ち明けようと決意した。出鼻をくじかれたもどかしさはあるが、仕事ならば仕方がない。

「大変だな。俺のことは気にしなくていい。大丈夫だ」

「すまない。また、改めて話をしよう。お前にも考えておいてほしいんだ。俺は、お前とドイツに帰りたい」

口早に言い、アレクシスはレオンの手を握った。軽く甲に口づける。

それから身を翻すと、こちらを一度も振り返ることなく、慌ただしく去っていった。

また改めて、とアレクシスは言ったが、会話をする機会は長らく訪れなかった。

会社で起こった問題は、かなり深刻だったようだ。

それから連日、アレクシスは会社で寝泊まりするか、夜中に戻って明け方、すぐまた出て行くという生活が続いた。

レオンが起きている間は不在で、ほとんど顔を合わせない。

そしてレオンの方も、ホテル療養を始めて一か月ほど経ち、さすがに店が心配になってきた。怪我は完治とは言わないまでも、だいぶよくなっている。

そこで日中、店の様子を見に行くことにした。

「店長！　良かった。心配してたのよ」

久しぶりに店に戻ると、トマとマヌカンたちがレオンの無事を喜んでくれた。

彼らが切り盛りしてくれたおかげで、店は特に問題なく営業ができていたようだ。

ただ、裏方については、以前にアレクシスから聞いていた話とは、いささか事情が違っていた。

レオンの代わりに事務仕事をしてくれたのは、フィケが派遣したベータの男だ。

フィケの下で働いていたというから信頼していたのだが、書類仕事はめちゃくちゃだった。しかも、マヌカンたちからすこぶる評判が悪い。

「あの男、あたしたちに色目を使ってくるのよ。マヌカンは尻軽か、娼婦と同じだと思っ
てるみたい」

用心棒のトマに対しては居丈高（いたけだか）だし、我がもの顔で事務室にいる割に、仕事をしている
ようには見えない。

レオンもこの日、初めて顔を合わせたが、なるほどオメガのレオンに対しても、どこか
馬鹿にした態度を取る。それでいて舐めまわすような目をするので、気味が悪かった。

レオンはすぐにフィケの事務所に行き、礼を言うのと同時に、明日から店に復帰すると
伝えた。

まだ怪我が完全に治ったわけではないが、使えない事務員に引っ掻き回されるよりまし
だ。フィケには、ずいぶん嫌味を言われた。

店長のレオンが急に、それも長い期間休むことになって、仕事のしわ寄せがフィケに
行ったこと、事務員を取られて大変だったと、くどくど愚痴をこぼされた。

休んでいる間の給料は出せない、と言う。まあ、それは仕方がない。何度も謝って、事
務員を寄越してもらった礼も繰り返した。

夕方、ホテルに戻ると、アレクシスはまだ帰っていなかった。

フロントに言づてを頼み、その日は自分の住まいに帰ることにした。

翌朝、店を開ける前に一言礼を言おうとアレクシスに会いに行ったが、すでに仕事に出かけたとのことだった。

ホテルのフロントには、レオン向けのメッセージが残されていた。

「今夜、アーレンス様のお宅に立ち寄りたいと、お言づけをいただいております」

フロント係の話では、昨日も帰りは遅かったらしい。レオンの療養中は早く帰って来ていたが、以前は本当に寝に戻るだけの生活だったようだ。

やはり、レオンのために無理をしていたのだとわかり、申し訳ない気持ちになった。

その日は日中、久しぶりに店に立ち、顔なじみの客に挨拶をして回った。まだ無理はできないが、仕事は楽しい。

ただ、休んでいる間の事務仕事はかなりひどいことになっていて、やり直すのに時間が必要だった。

夕方、事務所に戻って裏方仕事に没頭していると、店頭にいたマヌカンが呼びに来た。

「ヴューラーさんがお見えです」

レオンは弾かれたように顔を上げた。もっと遅くなると思っていた。

喜びと興奮を必死に抑えながら、急いで下に降りると、店を出たところでアレクシスが待っていた。

「アレク！　急に店に戻ってごめん。仕事は大丈夫なのか？」

時間があるなら、話をしたかった。無理なら夜にでも。気が急いて、店の奥へ入ってもらおうと促したのだが、アレクシスはここでいいと固辞した。

「すぐに、会社に戻らなきゃならないんだ」

合間を見て抜けてきたのだという。忙しい中、わざわざ会いに来てくれたのだと知って、胸がいっぱいになった。

「まだ怪我は完治してないんだろう」

目の下に隈を作って、それでもレオンのことを心配してくれる。

「もうずいぶんいいんだ。足の方はすっかり良くなったし。フィケが寄越した事務員がひどくて、そのままにしておけなくてさ」

「すまない。俺が店の様子を見に行った時に、もっと気をつけていればよかった」

申し訳なさそうにするから、慌ててかぶりを振る。

「そんなの、アレクのせいじゃない。この一か月、本当に良くしてくれてありがとう。そっちこそ大変なのに」

最後に一緒に食事をした時より、やつれた気がする。そう指摘すると、アレクシスは苦く笑った。

「このところ、特に慌ただしいんだ。情勢も良くない。早く仕事を終わらせたいね」

世界情勢はもうずっと、不穏なままだ。でもパリは平和だし、ドイツでも去年、皇女の結婚式が華やかに行われて、各国の王侯貴族が列席したという。新聞で取り上げられるほど、情勢が悪いという実感はない。

「今年中には、ドイツに帰るんだろう？」

「ああ。遅くても、夏までには」

電信会社の買収はすでに終わり、今は業務の整理に追われているとのことだった。

それが終われば、アレクシスはドイツに帰る。

「その時、一緒に来てくれないか」

レオンが驚いて目を瞠ると、アレクシスはその瞳を見つめて言った。

「お前が好きなんだ。友情じゃなく。レオンを愛してる」

真剣な顔で、急いたように言ってから、すぐさま自分の性急さを恥じるように、黒い瞳を伏せた。

「アメリカは遠い。オメガ一人で旅をするのは大変だと思う。ドイツで暮らしてみて、それでもアメリカに行きたかったら、俺が連れていくから」

早口に言うアレクシスを見つめたまま、レオンは言葉を失っていた。

好き。愛していると、アレクシスは今、言わなかったか。友情ではないと。

歓喜が込み上げ、次にアレクシスがどんな気持ちでドイツに来いと言っているのか想像し、涙が出そうになった。

まだ彼は、レオンがエミールを好きだと誤解している。それでも自分の想いを告げ、一緒に来てくれと言うのだ。

たまらなくなって、アレクシスの胸に飛びついた。相手はびっくりしたように身を強張らせてから、おずおずとレオンを抱きしめる。

再会した時は、乱暴に抱いたくせに。でもやっぱりアレクシスは優しくて、そして彼は、ここぞという時に不器用なのだ。

「アレク、アレクシス。……お前が好きだ」

これだけは伝えておかなくては。顔を上げると、アレクシスは目を見開いていた。

「俺はアレクが好きなんだ。エミールではなく」

アレクシスの唇がわななないた。「本当に？」と、小さくつぶやく。うなずくと、目の前の美貌がくしゃりとゆがんだ。

「俺もだ。俺もレオン、お前を愛してる。ずっと前から」

愛の告白に、魂が震えた。彼もまた、自分を愛してくれている。二人は以前から、同じ想いだったのだ。

ずっと迷路をさまよって、今ようやく出口を見つけた気がした。

「アレク。俺もだ。ずっと前から、出会った時から愛してる」

アレクシスは、レオンをそっと抱きしめる。顔の怪我に触れないように、優しく。

「俺も、ドイツに帰る。一緒に連れて行ってくれ」

「ああ。一緒に帰ろう」

軽く口づけし合うと、通りを歩いていた男がヒューッとからかうように口笛を鳴らした。

構わず何度か口づけを交わしたが、これ以上のことはできない。それに、店先だ。

「仕事に戻りたくない」

アレクシスは苦々しげにつぶやく。レオンも同じ気持ちだった。今すぐ、三階の自分の部屋に彼を連れて行き、ドロドロになるまで交わりたい。

アレクシスの仕事に迷惑をかけたくないという気持ちと、店長としての責任がかろうじてレオンを押しとどめた。

「戻らなきゃ。仕事が滞ったら、ドイツに戻るのが遅れる」

抱擁を解いて勇気づけるように言うと、アレクシスは微笑んだ。レオンの唇の端にキスを一つ落とし、名残惜しげに身体を引きはがす。

「また会いに来る。頻繁には難しいが、今後のことも話さないと。店の電話にかけてもいいか」

「ああ。でも無理はしないでくれ。顔色が死人みたいだぞ。ちゃんと生きて、俺を連れて帰ってくれるんだろう？」

冗談めかして言うと、アレクシスもくすっと笑った。

もう一度、深く抱擁し合い、二人は別れた。

店に戻ると、窓から覗いていたマヌカンたちばかりか、その場に居合わせた客にまで冷やかされてしまった。

照れ臭かったが、でも胸の中は幸福でいっぱいだった。

喜びに浮かれたまま、その夜、レオンはエミールとケヴィンにあてて手紙を書いた。アレクシスと想いを通じ合わせたこと。今年中には彼と共にドイツに戻るだろうこと。

エミールたちと再会するのは、まだ先になりそうだ。

手紙を書きながらふと、今ユーイはどうしているのだろうと気になった。

それに、学園でのあの事件は、いったいどういうことだったのか。きちんと真相を知りたい。

次にアレクシスと会う時、ユーイのことを聞いてみようと思った。


五月に入り、パリはすっかり暖かく春の陽気になった。

店先でお互いに告白してから一か月以上が経っていたが、アレクシスとはいまだ、二人でゆっくりとした時間を取ることができずにいた。

アレクシスは相変わらず、仕事が忙しい。レオンもまた、最近になってようやく、不在の間の事務整理を終えたところだった。

エミールたちに手紙は送ったけれど、アメリカに届いてまた返信が来る頃には、秋か冬になっているだろう。その頃にはもう、レオンはドイツに戻っているかもしれないと手紙にも書いておいた。

アレクシスはこのひと月の間に二度ほど、会いに来てくれた。

いずれも慌ただしく、店の裏でわずかな時間、言葉を交わすだけだったが、そんな多忙の合間にも、食糧やワインだとか、時には菓子なども差し入れてくれた。

「どうせまた、お前の部屋にはろくに食べものもないんだろ」

差入れを渡す時はいつも、照れ隠しのように冗談めかして憎まれ口を叩いてくる。そういう不器用な彼が、愛おしくてたまらなかった。

「それはこっちのセリフだ。また痩せたんじゃないか」

「食事は摂ってるよ。会社の近くのまずい食堂で。睡眠が足りてない」

でも、寝る間も惜しんで働いているおかげで、早くドイツに戻れそうだと言った。

「秋口か、早ければ夏の間に」

それまでにレオンは、他の者に仕事を引き継ぎ、辞める必要がある。

ところが、フィケにそのことを話すと、また嫌味を言われた。

「長期の休みを取っておいて、辞めるっていうのか？　普段だって、発情期で人より多く休みを取るくせに。これだからオメガを雇うのは嫌なんだ」

　吐き捨てるように言われて、びっくりした。

　エミールが信頼している部下だから、彼もオメガに偏見はないと思っていた。でも表に出さなかっただけで、彼はもともとこういう人間だったのだ。

　結局、店長の代わりを見つけるから、それまでは辞めないようにと一方的に言われておしまいだった。

「レオンがいなくなったら、店の売り上げが落ちるもの。オーナーは辞めさせたくないんじゃないかな」

　店に戻り、マヌカンたちに話すと、そんなことを言われた。

　彼ら彼女らには、店を辞めて恋人とドイツに帰る話をしている。

　アレクシスと店先で抱き合っていたのを見られていたので、こちらが打ち明ける前からマヌカンたちには広まっていた。

「私たちだって、店長には辞めてほしくないけど。でも恋人と帰るんじゃ仕方ないもの。いざとなったら黙って辞めちゃえば」

　そそのかされたが、もとはエミールの店だ。できれば後を濁さないようにしたい。

　気懸りはあるし、アレクシスとはひと月の間に二度しか会えず、あとは何度かアレクシスが会社から店に電話をかけてきて、少し会話をしただけだ。レオンからも彼の会社にかけたが本当に忙しそうだった。

それでも、レオンの心は喜びに満ちたままだった。秋にはアレクシスとドイツに戻る。この先もずっと、彼のそばにいられる。学生の頃、夢見て叶わなかった願いが現実になるのだ。

パリにいる間にユーイのことを聞いておきたかったが、時間がなくて尋ねられないままだった。

そうして日々に忙殺されているうちに、五月も終わりになった。

ある日の昼間、事務所で帳簿を確認していたら、マヌカンが呼びにきた。

レオンに客だという。一瞬、アレクシスだと思い、心が弾んだ。しかし、次にマヌカンの口から出たのは意外な名前だった。

「東洋人の、オメガの男の子よ。たぶん、ユーイって名前。フランス語が話せなくて、何を言ってるのかよくわからないんだけど、レオンに用があるみたいなの」

帳簿をしまい、慌ただしく店に出た。

そこには果たして、ユーイの姿があった。前に手を組み、記憶にあるより少し、大人びていたが、それでもまだ少年のようだった。レオンとは二つしか違わないはずなのに、マヌカンが「男の子」と呼ぶのも無理はない。

「お久しぶりです、レオンさん」

レオンの姿を認めると、ユーイは昔と変わらない、訛りのあるアクセントで言った。

彼のすぐ後ろには、厳めしい顔をした初老の女性が立っており、少し離れた場所に背の高い背広姿の男が、護衛兵のように直立していた。

「ここで働いているって聞いて。どうしても会って話がしたかったんです」

誰から聞いたのだろう。ここにいることは、アレクシスでさえ知らなかったのに。

気になったが、ユーイが前に組んでいた手をほどいた時、それもどうでもよくなった。

彼の腹は、ぽっこりと前にせり出していた。以前と変わらず細身だったから、手をどかすまで気づかなかった。しかし、かなりの大きさだ。

「すみません、こんなお腹で。どこか、座って話せるところはありませんか」

レオンが腹を凝視したまま息を呑むと、ユーイはわずかに目を伏せて言った。愛おしそうに自分の腹をさする。

彼は妊娠しているのだ。ようやく現実を直視して、レオンは急いで奥に案内した。

「二階に、得意客用の個室がある。階段は登れるか？　じゃあ、そちらに」

マヌカンたちに店を頼み、努めて冷静に振る舞ったものの、内心では動揺していた。

急に現れて、いったいどうしたのだろう。ユーイの纏う空気はどこか張り詰めていて、学園時代の先輩が懐かしくなった、という感じではなかった。

背の高い男は店頭に残り、初老の女はユーイについて来た。その際ユーイが彼女たちの身分を説明した。

「男性は運転手で、こちらの女性は僕の侍女です。僕が外国に行くので、お父様が心配してつけてくださって」

「お父様？」

「あの、ヴューラー家の」

言葉の終わりを曖昧に消して、そっと目を伏せる。以前と変わらない。それを聞いたレオンの動揺は激しくなった。

同時に、今まで記憶に埋もれていた学園でのできごとを思い出す。今と同じように、話があるんですと、ユーイが話しかけてきたことがあった。

あの時、レオンの父がヴューラー家に金の無心をしに来たと聞かされたのだ。

そうした記憶のせいか、悪い予感がしてならなかった。

ユーイは二階の個室に入ると、そこでジャケットを脱いで侍女に乱暴に放った。レオンが応接用の椅子を勧めると、ユーイだけが座り、侍女はそっと戸口に控える。

パリ市民の暮らしが長いレオンは、前時代的で封建的な彼らの態度にしばし唖然として、ついまじまじと二人を見てしまった。

だがそこで気づいた。ユーイのシャツの襟から覗くうなじに、番の噛み痕があった。

ユーイがレオンの視線に気づき、襟を正す。

「すみません、首輪もせずに。首輪をすると息苦しくて。妊娠してから、当たり前のことにもつい、イライラしてしまうんです」

伏目がちに、ちらりとこちらを窺う。仕草も昔と変わらない。口角が引き上がり、レオンを見ながら嗤《わら》っているようにも見えた。

「それで話って？　ああ、すまない。お茶を持って来させよう」

客にお茶を出すのも忘れていた。レオンが立ち上がりかけると、ユーイは「結構です」と、きっぱりした口調で断る。

「アレクには内緒で来たので、長居するつもりはありません。あの人は、僕がレオンさんの店を知っていることを、気づいてないいんです」

レオンは黙ってユーイを見つめた。ユーイの意図が掴めなかったからだ。するとユーイは、小さな声で「Gホテル」と、つぶやいた。

アレクシスが仮住まいしているホテルだ。

「先週、パリに着いてからそこに泊まってるんです。レオンさんも春先に、長いことあそこにいたんですよね？　お節介なホテルの客室係が教えてくれました」

余計なことを教えてくれた、というように、ユーイは眉をひそめて険のある表情をして見せる。それからつと、レオンを見た。

「レオンさん。アレクから、僕らのことをどんなふうに聞いていますか」

「どんなって……何も」

唐突に質問されて戸惑う。そう、アレクシスとユーイの間には何もなかった。二人は番ではなく、結婚もしていない。そう聞かされた。

でもどうしてか、ユーイのうなじの噛み痕を見た今は、はっきりとそれを口にすることができなかった。

ユーイは「やっぱり」と、大きくため息をついた。

「レオンさん。お腹の子は、アレクの子です。それからうなじの噛み痕の相手も」

ためらいのない言葉が、ぐさりと心臓に突き刺さった。

信じたくない、という思いと、やはり、という思いが交錯する。

「アレクは、ユーイとは番じゃないと言っていた。自分はまだ、誰とも番になっていないと」

ぎこちない声で、それだけ言った。ユーイが嘘を言っているのだ。そう思いたかった。

ユーイはレオンの言葉を聞くと、ひどく悲しげな顔をした。目に涙をためて、「ひどい」とつぶやく。

「学園で僕が発情した時のこと、アレクから聞いていないんですね。僕らはあの時、番になったんです」

「でも」

アレクシスは違うと言っていた。レオンが言いかけるのに、ユーイが「本当です」と、畳みかける。突き刺すような強い眼差しで、レオンを見つめた。

挑むように見据えられ、思わずたじろぐ。

「たぶん、アレクには僕と番になったという事実が、今でも受け入れられないんだと思います。僕は卑怯な手であの人を手に入れたから」

黒い瞳が再び伏せられて、声音は弱弱しくなった。少年めいたほっそりした指が、そっと目尻を拭う。

「どういう、ことだ」

アレクシスは何かを隠してると言いたいのか。

「僕は卒業試験の最終日、発情していました。わかっていて、アレクのいる寮に忍び込んだんです。騒ぎを起こして、アレクに構ってもらいたくて。アレクが、試験の後にあなたを呼び出したことを知っていたから。彼があなたに告白するんだろうと思ったんです。僕はアレクがあなたのことを好きだって、ずっと前から気づいてた。でもあなたには言えなかった。ごめんなさい」

ユーイもアレクシスが好きだった。それは、学生時代にも彼の口から聞いていたことだ。

「二人が両想いになるのが我慢できなくて、騒ぎを起こそうとしたんです。ちょっとした騒ぎのつもりでした。でも、大勢のアルファに囲まれて逃げられなくて。その時、アレクが助けに来てくれたんです。でも、僕を外に連れ出す際に、彼も発情してしまった。その時、僕らは番になったんです」

アレクシスは、番のことをはっきり否定した。でもあの事件について、彼の口から詳しくは聞いていない。アレクシスを信じたい。けれど今、レオンの前にはうなじに番契約の痕をつけたユーイがいる。学園を出てから今日まで、ユーイはヴューラー家にいた。アレクシス以外に、番になる相手がいるだろうか。ユーイの話は信ぴょう性があったし、レオンが聞いていた話とも平仄《ひょうそく》が合う。

「アレクにうなじを噛まれてすぐ、助け出されたので、それ以上には至りませんでした。ヴューラー家では、あの後すぐ、僕とアレクを結婚させようとしたんです。でもアレクは頑として断った。あなたが忘れられないと言って」

レオンは声を上げそうになった。ずっと前から好きだったと、アレクシスは言った。その言葉だけは、嘘ではなかったということか。

「その後も、僕には指一本、触れませんでした。以来、僕はずっとヴューラー家で、妻にもなれず居候暮らしです。番契約を結んだオメガは、僕の国では純潔を失ったとみなされます。だから国元にも帰れず、苦しかった」

居候暮らし、という言葉が、レオンの胸を衝いた。以前はレオンも、伯父の家で厄介者だった。そのつらさがわかってしまう。

「去年の末、ヴューラー家の母が亡くなって、葬儀のためにアレクがドイツに戻ってきました。そこで、アレクが親戚と話しているのを聞いてしまったんです」

今の仕事が終わったらヴューラー家から離れ、フランスにいる意中のオメガと番になるつもりだと。

「レオンさんのことだと、確信しました。あの人が執着する相手は、昔からあなたしかいないから」

昔から、執着してたなんて知らなかった。嬉しい言葉のはずだったが、今は喜べない。

「ちょうど彼がいる間に、僕の発情期と重なって……最後のチャンスだと思ったんです。僕はまた卑怯な手を使いました。発情中にあの人の所に行って……あとは、おわかりですよね」

ユーイはまた、愛おしそうに腹を撫でる。卑怯な手を使ったというわりに、その声音と表情は、どこか誇らしげだった。

「発情中に交渉を持ったので、当然、子供ができました。お父様もとても喜んでくれました。ヴューラー家には長らく、跡取りができませんでしたから」

「アレクには、兄がいるはずだろう。長男が」

次兄は事故で障害を負ったと言っていた。その後のことは聞いていないが、長男がいるはずだ。

「あちらのご夫婦は、子供ができないんですよ。二番目のお兄さんも、事故で身体がうまくきかなくなったんです。それで一番上のご夫婦は養子を迎えましたが、血の繋がりはまったくないんです。お父様とお母様は、直系の跡取りを欲しがっていました」

ヴューラー家にとって待望の子供というわけだ。まだ赤ん坊は生まれておらず、男の子とも女の子ともわからない。オメガかもしれないが、ユーイは若い。次の子供も期待できる。

「ヴューラー家は、今度こそアレクと僕を結婚させるつもりです。僕だってしたい。でも彼はこの期に及んでもまだ、僕を認めてくれないんだ。……あなたがいるからです」

きつい眼差しが、またもやレオンを見据えた。彼の瞳の中に憎しみが宿っているのに気づく。ユーイの話が真実なら、それは当然のことだ。

でもまだ、信じられなかった。

ユーイは一度ならず、二度までも卑怯な手を使ってアレクシスを手に入れようとした。

そしてアレクシスと番になり、なおかつ今は子供までできてしまったのだ。

あのアレクシスが、そんな不誠実なことをするなんて。レオンの知るアレクシスは、不器用だけれど正義感があった。

「信じられませんか。アレクがそんな……オメガを孕ませておいて、逃げるような男だなんて」

レオンの内面を見透かすように、ユーイは皮肉っぽくくすりと笑った。

「そういう男ですよ、彼は。あなたの前では、格好をつけているのかもしれませんがね。でも、番の僕から目をそらして、異国であなたとちゃっかり関係を持っていたんですから。でも、安心しました。あなたのことをまだ、番にしていないみたいだから」

レオンの首にある貞操帯がわりの首輪を見て、唇の端をゆがめる。レオンは思わず首に手をやってしまった。

「お腹は日に日に大きくなるのに、アレクは帰ってこない。あなたといるんだと思うと、頭がおかしくなりそうだった。たまらなくなって、無理をしてここまで来たんです」

自分でも呆れたが、そこに至ってようやくレオンは、ユーイが何を言いに現れたのか理解した。

アレクシスと別れてくれと、言いに来たのだ。

番で、お腹の子の父親でもある男は、ユーイが結婚したいと言っても知らんぷりしている。だからわざわざ身重の身体で、異国の地にやってきた。

ヴューラー卿が侍女をつけたということは、彼も承知しているのだろう。ヴューラー家は、二人が結婚して正式な夫婦になることを希望している。

「お願いです、レオンさん。アレクを僕に返してください。お腹の子の父親を」

ユーイは言うなり、椅子から立ち上がって、向かいに座るレオンの目の前で膝をついた。

「お、おい」

「お願い、この通りです。アレクと別れて」

額を床に擦りつけて頼む。レオンはやめてくれと言ったが、彼は額づいたままだった。

侍女は気づかわしそうにユーイとレオンを見比べ、何か口を開きかけたが、結局何も言わなかった。

「お願いです。僕はアレクと番になった。彼に捨てられたらもう、この先誰とも番えない。お腹の子だって、父親がいないままです。そんなことになるなら……それくらいならいっそ、子供と一緒に死ぬ……っ」

床に伏せたまま、ユーイは嗚咽を漏らした。それは慟哭に変わる。

わあわあと子供のように泣きじゃくるユーイを、レオンは椅子から立ち上がってただ、呆然と眺めるしかなかった。


その日、店を閉める頃には、レオンはもう指一本上げるのも億劫なくらい、疲労困憊していた。

身体的にではない、精神的な疲れだ。

あれから、どうにかレオンと侍女とでユーイをなだめた。

「わかった。別れる。アレクとは別れる」

レオンがそう約束しなければ、ユーイは決してその場から動かなかっただろう。

自死さえ匂わせたが、それもただの脅しだとは思えないくらい、鬼気迫っていた。

アレクシスはレオンを愛してくれていた。ずっと以前から好きで、離れた後も気にかけてくれていた。

それは嘘じゃない。でも、ユーイと番になって子供までできてしまっている。

真実ならば、別れるしかない。

ユーイたちを帰して仕事に戻ったが、一日中気もそぞろで、マヌカンたちに心配された。

店を閉めたが、どうしても納得できなかった。

アレクシスは本当に嘘をついたのだろうか。だからと言って、ユーイの話をすべて嘘だと決めつけるには、あまりに真実味があった。

アレクシスに会いたい。彼の口から直接、真実を知りたい。もし昼間のことを話して、彼がそれを否定してくれたら、きっとレオンはそちらを信じる。

居ても立ってもいられず、店を出てアレクシスの泊まるホテルに向かった。

ユーイの話では、彼もそこに泊まっているはずだ。鉢合わせしてしまうかもしれない。でも、ユーイの話がそもそも嘘かもしれない。

嘘でありますようにと祈り、ホテルのフロントへ行く。アレクシスはまだ、会社から戻っていなかった。

フロント係はしばらく泊まっていたレオンの顔を覚えていて、いつも通りに接してくれた。

言づけを頼もうか迷い、やめた。ユーイが泊まっていたら、耳に入るかもしれない。万が一にも、彼を刺激したくなかった。もしユーイがお腹の子と一緒に死んでしまったら、レオンはきっと、自分のこともアレクシスのことも許せない。

フロント係には、今日、レオンが来たことは黙っていてくれと口止めした。

(会いたい、アレク)

彼の会社まで行こうか。ロビーの隅で迷っていた時、背後から、「アーレンス様」と、追いかけるようにして呼び止められた。

「アーレンス様ですよね」

振り返ると、顎の割れた体格のいい制服姿の青年が立っていた。見たことがあると記憶を巡らせ、ホテルの客室係だったと思い出す。

レオンがこのホテルに滞在中、何度か顔を合わせたことがある。

「ああ、覚えていてくれたのか」

久しぶり、と挨拶をかわそうとしたが、青年はレオンの傍らに立ち、「まずいですよ」と、耳打ちした。

「今、ここにいるのはまずいです」

何のことだかわからなかった。怪訝に思って相手を見返すと、青年は人の目をはばかるように周りを見回して、小声で言った。

「今、ヴューラー様のところには、ドイツからいらした奥様が泊まっていらっしゃるんです。お腹の大きな東洋人の。鉢合わせしたら、まずいでしょう」

レオンは言葉もなく、黙って相手を見つめた。

「ヴューラー様が帰国するまでご一緒されるそうです。こっそりご主人の部屋に忍び込もうなんて、考えないほうがいいですよ」

ようやく、相手の言葉が飲み込めた。客室係の青年は、ユーイを奥様と呼ぶ。その正妻のいない間にアレクシスと逢引きをしていたレオンは、愛人以外の何者でもない。

青年は、妻がいるとも知らずにのこのこ現れた愛人に、親切心で声をかけたのだろう。

ユーイの言葉は本当だった。アレクシスはユーイを妻にし、子供までもうけておきながら、レオンをもそばに置こうとしている。

青年に、何か言葉を返したのかどうか覚えていない。気づいたら、自分の部屋に戻っていた。

アレクシスと別れなければならない。ユーイのお腹の子のためにも。

床に突っ伏しながら「死ぬ」と言った、ユーイの声が忘れられない。思い詰めて、本当に自死してしまいそうで恐ろしかった。

さりとて今、アレクシスの顔を見たら、決心が揺らぎそうだ。

レオンはしばらく頭を抱えた末、二階に下りて事務所の電話を取った。

電話の交換手にアレクシスの会社の番号を告げる。夜の遅い時間にもかかわらず、会社にはまだ人が残っていて、すぐにアレクシスにつないでくれた。

『レオン？　どうした。俺が恋しくなったか』

弾んだ男の声が聞こえた時、レオンは泣き出したくなった。

やっぱり、ユーイのことは誤解なのではないか。彼がホテルに身重のユーイを置いて、レオンに甘い言葉を囁いたりするはずがない。

だがすぐに、ユーイの「そういう男ですよ、彼は」という皮肉めいた声を思い出す。それから客室係の青年が耳打ちした「奥様が泊まっていらっしゃるんです」という言葉。

レオンは受話器を握りしめ、ぐっと嗚咽を噛み殺した。

「――ごめん、アレクシス」

電話の向こうで『レオン？』と、いぶかしむ声がする。

「ドイツには、一緒に行けなくなった」

もし、ユーイを無視して彼について行ったら、誰も幸せになれない。

「エミールから今日、手紙が来たんだ。俺がお前について行くと言った時は、正直、エミールとの連絡が途絶えて不安な状態だった。もう、俺はエミールに求められてないんじゃないかって。それでお前の提案に飛びついた」

再び友人の名前を引き合いに出すことが、苦しかった。でも他に、口実がない。アレクシスに口を挟まれる前に、レオンは早口に言い訳を並べ立てた。

「だから、すまない。お前を好きだって言ったのは嘘なんだ。エミールの代わりに抱いてくれるアルファなら、誰でもよかった。店長の後任が見つかり次第、アメリカに渡るよ。事業を手伝ってくれって、エミールに言われてる。向こうはまだ、信頼できる仲間が足りないから」

『……俺は、お払い箱ってことか？』

やがて、押し殺したような声が聞こえた。

「……お前には、悪いと思ってる。でも、声をかけてくれてありがとう。エミールと離れて寂しい時だったから、お前の存在に慰められた」

自分でも、ひどい言い草だと思う。でもいっそ、アレクシスには嫌われてしまったほうがいい。彼にはユーイと子供がいるのだから。

『俺のことを、ずっと前から好きだと言ったのも、あれも嘘だったのか』

感情のうかがえない平坦な声が、耳に流れてきた。

「……ごめん」

レオンにはもう、それしか言えなかった。電話でよかった。顔を見て話をしたら、嘘をつき通せなかった。

しばらくの沈黙の後、電話口から抑揚のない声が聞こえた。

『来月に一度、ドイツに戻る。半ばか下旬頃。お前がいるから本当は、帰国をやめようと思ってたんだ。その時に、見送りに来てくれないか。最後に一目、会いたい』

自分も会いたい。そう言いそうになるのを必死に押しとどめる。

「無理だ」

冷たい声で答えた。『そうか』という落胆した声に、胸が潰れそうになる。

『向こうに居づらくなったら、いつでもドイツに戻って来い。俺は……待ってる』

「ありがとう」

辛うじて、それだけ言った。それしか言えなかった。電話を切ると、足の力が抜けてずるずるとその場に座り込んだ。

「……っ」

嗚咽が漏れる。誰もいない事務所で、レオンはもう涙を我慢しなかった。

終わった。アレクシスとはもう会えない。今度こそ、彼はユーイのものになった。

(俺とアレクは、運命の番なんかじゃなかったよ)

以前、信じていると言ってくれた友人を思い出し、心の中でつぶやく。両想いになったと浮かれていたのに、結果はこれだ。
アレクシスとは決して結ばれない。
それがレオンの運命なのだ。
レオンはその場にうずくまり、涙が涸れるまで泣き続けた。

五．グノシエンヌ

ドイツに行く話はなくなったと、店の従業員たちに告げると、彼らは一様にレオンに同情した。

アレクシスには身重のオメガの番がいると言ったら、オメガのマヌカンたちは「とっちめてやる」と、ホテルに殴り込みに行きそうな勢いだった。

彼らに事情を打ち明けたのは、もしもアレクシスが店に現れた時、取り次がないようにするためだ。

彼の顔を見たら最後、何も顧みず取りすがってしまいそうな自分が恐ろしい。同じ理由で、ホテルのある方向にはしばらく近づけなかった。

そうしているうちに、五月が終わった。アレクシスは一度も現れなかった。

今回のことで、エミールたちに手紙を書こうかと思ったが、迷って結局やめた。

彼らに心配をかけたくない、というのと、新天地で頑張ろうという気力が失せていたためだ。

というより、アレクシスに別れを告げてから、何をするにも億劫だった。

フランスに流れてきた頃と同じ絶望が、レオンをむしばみ始めていた。

昔に比べて、今はずっと恵まれている。衣食住は足りているのだ。やり甲斐のある仕事もある。店長を辞めると言った時、フィケに渋られてかえって良かった。

そう言い聞かせているのに、力が出ない。

一日一日、朝起きるごとに気を奮い立たせて店に出なくてはならなかった。

「店長、ちゃんと食べてる？　元気を出さなきゃ」

マヌカンたちや、用心棒のトマにも心配されて、自分は独りではないのだと感じた時に少し、力が出た。

けれど六月の終わり頃になると、また気持ちが沈んだ。

今頃、アレクシスとユーイは手を携えてドイツに戻っている頃だろう。

レオンはこのまま、パリに留まって『A・Ω』がある限り働く。アレクシスには二度と会えない。会うわけにいかない。

六月に、オーストリア大公夫妻がボスニアのサラエボで暗殺されたという記事を新聞で読んでいたが、レオンはさして気にも留めなかった。フランスに来てから、いやそれ以前にも、しょっちゅう似たような記事を目にしていたからだ。

七月に入ると、店は途端に客が減った。これは毎年のことだ。

富裕層や一部の中流層はみんな、こぞってバカンスへ出かける。

レオンたちも去年までは夏季休暇を取っていたが、オーナーが変わった今年は様相が変わっていた。

エミールの時には、給料減額なしの休暇が認められていたのに、フィケは許さないというのだ。レオンを始め従業員は皆、当然今までどおりだと思っていたから、七月に入っての突然の勧告に抗議した。

ひと悶着あったが、結局は従業員が引き下がるしかなかった。オーナーはフィケだ。もともとバカンスの予定がなかったレオンはともかく、休暇中の給料がもらえないとわかったマヌカンたちは気の毒だった。

「レオンが、オーナーになってくれたら良かったのに。客のいないこんな時期に店を開けるなんて、あの男は馬鹿なんじゃないの」

一部のマヌカンから、ぶつくさ愚痴を聞かされた。今ではレオンも、自分の選択が誤っていたかもしれないと思い始めていた。

つまらない矜持などではなく、従業員のことを一番に考えて、エミールの申し出を受けていれば良かった。

自分はいつもこうだ。その時いいと思ってした選択が、いつだって最悪の結果になる。

それでまた落ち込んだが、しかしそのうち、バカンスどころではなくなった。

七月の半ば、オーストリアがセルビアに最後通告を送ると、フランスでもにわかに緊張が高まった。

バルカンで三度目の戦争が起こるのだと、レオンは思った。しかし今回は、以前のバルカン戦争とは様相が違っていた。

ロシアはセルビアを支持し、これを受けてオーストリアはセルビアへ宣戦布告した。ロシアが動員令を発令すると、八月の初めには、ドイツはロシアへ宣戦布告していた。

そのわずか二日後、ドイツはフランスにも宣戦する。ドイツとフランスで、戦争が始まったのだ。

ほんの先月まで、平和だったパリの街が、一気に戦争の空気へ塗り替わるのを、レオンは他のマヌカンたちと共に感じていた。

それから間もなく、パリは美術館も劇場も閉鎖になり、カフェやレストランは夜八時までの営業となった。

そしてレオンはフィケから解雇を言い渡された。三日以内に部屋を出て行けというのを、なんとか五日に延ばしてもらい、あとはすべて受け入れた。

仕方のないことだ。レオンは今や敵国人、「ドイツ野郎」だし、そうでなくても今後、店がどうなるかわからない状況だ。

他のマヌカンたちは、できる限り解雇しないでほしいと頼んだが、どうなるかはフィケ次第だった。

レオンはすぐさま荷物をまとめた。マヌカンたちは憤り、同情して、何とかレオンの力になろうとしてくれた。

ありがたかったが、レオンはすべて断った。この時すでにドイツ軍は、隣国ベルギーとルクセンブルクに侵攻していた。

フランスの国境にまで迫り、フランス国内では打倒ドイツの声が日に日に高まっている。レオンを助けて、マヌカンたちが災難に巻き込まれるのが怖かった。

わずかな荷物を学生時代から使っている鞄に詰めて、慣れ親しんだ店を後にした。

(大丈夫、昔に戻っただけだ)

店にいる間に給料のほとんどは貯めていたし、アレクシスが置いて行ってくれた金もある。故郷を出た時よりずっとましだ。

オメガだと知られないよう、襟の詰まった服を着て帽子を目深にかぶり、レオンは自らにそう言い聞かせる。

そうしてパリの街を、あてどもなく歩き始めた。


幸い、レオンはその日のうちに安宿に部屋を取ることができた。けれど、今後のことはわからない。

ドイツ人のオメガが、この国で仕事にありつけることは、まずないだろう。少なくとも、この戦争が終わるまでは。

いつ終わるのだろう。一年先か、二年先か。蓄えを切り崩したとしても、もつのはせいぜい一年ほどだ。先のことを考えると気が滅入る。

アメリカに渡ろうと思い立ち、安宿に部屋を取った翌日、早速港まで行ったが、港はすでに封鎖されていた。

ドイツに戻るか、他の国に行くか。でもどうやって？　どこに行っても、身体を売るか野垂れ死にする未来しか見えない。身体を売ったとて、この年齢では先も知れている。

考えてもどうにもならず、レオンは数日を宿にこもって過ごした。

それから、食糧の買い出しのために久しぶりに街に出た。

ほんの数日の間に、パリの街はさらに物々しい様相になっていた。

食料品店は品薄で、缶詰など日持ちのする食料はすっかり売り切れている。店主に聞くと、仕入れたそばから人々が買い占めて行くのだそうだ。

そのため、めぼしい食料品や雑貨を置く店には、毎朝人が列をなすそうで、

「あんた、こんな時間に来たって何も買えやしないよ」

と言われてしまった。レオンは仕方なく、明日また来ることにして、売れ残った朝刊だけを買った。

レオンが店を出ようとするのと入れ違いに、一人の青年が飛び込んできた。

戸口でレオンとぶつかったが、青年はそれさえ気づかないほど急いでいた。顎の割れた体格のいい青年で、どこかで見た覚えがある。

「ここで、オメガの抑制剤が手に入ると聞いたんですが」

青年は今にも泣きそうな口調で言った。がっしりとした身体つきは、オメガには見えない。身内にオメガがいるのだろう。

「入荷は昨日だ。とっくに売り切れたよ。薬だってみんな、仕入れた先から買い占めていくんだから」

何度も聞かれているらしく、店主がうんざりした声で返すと、青年は「そんな」と、悲痛な声を上げた。

「次はいつ入荷しますか」

「さあね。オメガでもないのに転売する奴がいて、こっちも困ってるんだ」

「俺は転売なんかしません。恋人がオメガで、困ってるんです」

「なら、さっさと番にしてやんなよ。ああ、あんたベータなのか」

嘲笑うかのような店主の声に、いたたまれなくなって店を出た。何歩か歩いてから、あの青年の正体を思い出す。

ホテルの客室係だ。レオンをアレクシスの愛人だと思い、ユーイのことで忠告してきた。

レオンは足を止め、上着の胸元に手をやった。

安宿はいつ泥棒が入るかわからないので、出かける時はいつでも、全財産とオメガの抑制剤を持って出かけている。金は靴と下着の中、薬の一部が上着の内ポケットにあった。

迷って再び歩きかけ、また立ち止まる。こっちは独り身で、おまけに番を持たないオメガだ。敵国人で、他人を気にかけてる余裕なんてない。半端な良心なんか持ち出して、後で自分が困ったことになるに決まってる。

それでも、割りきれずに振り返り、ちょうど青年がうなだれて店から出てくるのを見た途端、声をかけていた。

「あの、君」

青年は一度、警戒したように身を引いて、レオンを見て驚いた。

「あなたは……」

彼も、レオンを覚えていたらしい。レオンはさっとあたりを見回し、人目がないのを確認すると、内ポケットから抑制剤の入った袋を出して、青年の手に握らせた。

「これ、抑制剤。少ないけど」

青年の目が大きく開かれた。信じられないというようにレオンと手の中の袋を見比べ、ためらうように首を横に振る。

「でも。それじゃあ、あなたが」

視線はレオンの首筋に注がれていた。きっちりと襟を詰めたシャツを着ているから、首輪は覗いていないはずだが、真夏にいささか不自然だったかもしれない。

「俺はまだ少し残っているから大丈夫。君の恋人は今、大変なんだろう」

どのみちいつか、手持ちの薬は底をつく。それが早まるだけだ。

「早くしまって。見つかったら盗られるかもしれない」

青年は慌てて、ズボンのポケットに袋を突っ込んだ。

「ありがとうございます。本当に……」

涙を流しながら礼を言われて、レオンはいたたまれず、踵を返した。

「いいんだ。ホテルでは世話になったから。じゃあ」

短く言って、そそくさと立ち去りかけた時だった。

「待って……アーレンス様、待ってください」

必死の声に後ろ髪を引かれて振り返ると、青年はその場にひざまずいていた。

「どうしたんだ」

「すみません。待ってください」

慌てて駆け寄ったが、青年はポケットに入れた薬を差し出して、「すみません」と、何度も謝罪を繰り返した。

「やっぱり……これは受け取れません。俺は金に目がくらんで、あなたにひどいことをしたんです。あの時は、ちょっとした嘘だと思いました。でも後から、とんでもないことをしたんじゃないかって、ずっと後悔をしていて」

「いったい、何を言ってるんだ?」

青年とはっきり言葉を交わしたのは、一度きりだった。ユーイのことを耳打ちした、あの時だけ。あとは挨拶程度だ。

「あなたにホテルで話しかけたあの日、ドイツ語を話す東洋人に頼まれたんです。俺はドイツ語を少し話せて、それに……金に困っていたので」

「……ユーイ。身重のオメガだな。少年みたいな」

青年は黙って、人形みたいにこくこくとうなずいた。

彼はあの日、ユーイに声をかけられた。他の客とドイツ語で話していたから、目をつけられたのだろう。

金を握らされ、金髪碧眼の綺麗なオメガがアレクシスを訪ねてきたら、嘘をつくようにと指示をした。

青年がレオンのことかと尋ねると、ユーイはそうだと答えたという。

「あの東洋人は、ヴューラー様の正妻だと名乗りました。夫がフランスでオメガの愛人を囲っているから、夫には内緒で二人を引き裂きに来たのだと」

青年はその言葉を信じ、レオンに嘘をついた。

「彼は、一度もホテルに泊まったことはありません。俺に嘘を言わせたのを見届けて、すぐに立ち去りました。ヴューラー様の前に姿を現したこともないんです」

身重の正妻のために愛人を撃退したと、その時は思っていた。けれどその後、アレクシスが独身だということを知り、自分は間違いを犯したのではないかと気になりはじめた。

「俺があなたに嘘をついた直後から、ヴューラー様は目に見えて消沈なさっていました。いつもお忙しそうでしたが、今にも死んでしまうんじゃないかと、我々従業員も心配していたんです。でも俺は、金をもらって嘘をついたやましさから、ヴューラー様に本当のことを打ち明けることができませんでした」

レオンは呆然と青年の告解を聞いていた。

この青年の言葉があったからこそ、レオンは最後の最後で、アレクシスではなくユーイを信じてしまった。

でもそれは嘘だった。嘘をついていたのはユーイだ。アレクシスではなかった。

「……行かなきゃ」

誰にともなく、レオンはつぶやく。青年がおずおずと顔を上げ、「どこへ？」と尋ねた。

「ドイツだよ。アレクに会わなければ」

彼と会って話をするのだ。今まで会ったことをすべて話して、真実を明らかにする。

「無理です。今は戦争中ですよ。ドイツ軍はフランスの国境まで迫ってるんです。パリだって、いつどうなるか」

青年が途方に暮れたように、力なく首を横に振った。

「でも行かなきゃ。何とかして、何年かかっても」

どうせもう、自分には何も残されていないのだ。アレクシスへの愛以外には。

他にどこへ行く道もない。ならばどれほど困難でも、アレクシスに会う道を探す。

決意を固めると、死んでいた身体に、魂が戻ったようだった。

「教えてくれてありがとう。薬はやっぱり持って行ってくれ」

レオンは青年の手に、再び抑制剤を握らせた。青年は呆然とレオンをみつめていたが、
やがてハッとした様子で頭を振った。

「あ、そ……そうだ、ジュネーヴ！」

青年は叫んだ。ズボンのポケットに抑制剤をねじ込むと、急いで立ち上がる。

「リヨン駅から、スイス行きの電車が、まだ出ていると聞いたんです。一日一度だけ。スイス経由なら、もしかしたら」

目の前が明るくなった気がした。気のせいかもしれないが。それでもいい。当てもなくさまよってどこかで野垂れ死ぬくらいなら、アレクシスを探して死んだ方がいい。

「ありがとう！」

「ヴューラー様と再会できますように」

「君も、どうか元気で」

互いに、この先どうなるかわからない。それでも祈り合って、レオンは青年と別れた。

安宿に戻ると、なけなしの荷物を引っ掴んで再び宿を出た。ジュネーヴ行きの列車が出るリヨン駅へ向かう。

レオンの今いる場所から、パリの南東寄りにあるリヨン駅まで何キロもある。タクシーを拾おうとしたが姿がなく、仕方なく歩いて行った。

一時間ほど歩いて辿り着いた駅は、パリを出ようとする人でごった返していた。ジュネーヴに向かう列車は、一日一回きりだという。間に合うだろうか。もう行ってしまっただろうか。

もみ合いながらどうにか券売所へ進んだ。しかし、ジュネーブ行きの切符はもう売り切れたと言われた。

「明日は何時に列車が出ますか」

すがる思いで尋ねると、券売所の太った女は、じろりとレオンを睨んだ。

「今から急いでホームに向かいなさい。今ならまだ間に合うかもしれない」

ぶっきらぼうに、早口に言う。乗車券もないのに。えっ、と聞き返すと、「走って」と言われた。

「ジュネーヴ行きは閉鎖されるの。だから、明日はもう出ない。次はいつ再開されるかわからない」

それを聞いて、レオンはがむしゃらにホームへ走った。

列車はまだ停まっていた。しかし、同じように閉鎖の情報を聞いたらしい客がいっぱいに押し寄せ、どうにかして乗り込もうと押し合い圧し合いしていた。

その光景を目にした時、レオンは恐怖を感じた。これを逃したら、もうパリを脱出できない気がした。他の人たちも、同じように考えたのだろう。

ホームはパニックに陥っていた。駅員が、もう出発すると何度も繰り返し叫んでいる。

列車は警笛を鳴らしていたが、それでも人々は列車に乗ろうとしていた。

乗車口には人が溢れ、それでもまだ乗り込もうと躍起になっている。多くの客が窓をよじ登っていた。

そうこうしているうちに、列車が動き始めた。悲鳴や怒号が上がる。

レオンは辺りを見回し、近くの窓に人一人が入れる隙間を見つけ、そこに飛び乗ろうとした。

しかし、鞄を捨てて飛び上がろうとした時、すぐ間近で女の悲鳴が聞こえた。

見ると若い女が、窓に向かって赤ん坊を差し出しているところだった。窓から誰かの手が伸びていたが、届かない。

レオンは咄嗟に彼女を抱き上げた。

「上れ。早く」

赤ん坊が誰かの手にすくい上げられ、続いて母親もどうにか窓をよじ登った。

しかし、母と子の無事を確認した時にはもう、列車は速度を上げていた。人ごみの中では、走って追いかけることもままならない。

もうだめか。諦めかけた時、誰かに呼ばれた気がした。

「レオン」

空耳だと思った。だが、そうではなかった。

「レオン、レオン！」

必死で叫ぶ声が背後からかかった。

振り返ると、窓から身を乗り出して、アレクシスが叫んでいた。

「アレク……アレクシス！」

ドイツにいるはずのアレクシスが、目の前にいる。

「レオン！　乗れ！」

アレクシスは落ちそうになるほど身を乗り出し、すれ違いざまに手をいっぱいに伸ばす。

レオンはその手を取ろうとしたが、指先がほんの一瞬かすめ、二人の手は空を切った。

「アレク、アレク、アレク！」

レオンはあたう限りの大声で叫び、前に出ようともがいた。アレクシスもまた、速度を増していく列車の窓から、レオンの名を叫んでいた。

けれど無情にも、列車は遠ざかっていく。

もうどうやっても、追いかけることは不可能だった。乗り遅れた他の客たちと共に、レオンも呆然と列車を見送った。

「アレク……」

確かにアレクシスだった。まぼろしではなかった。ドイツに帰ったのではなかったか。なぜパリにいたのか。

力が抜けて、レオンはその場にへたり込んだ。ずいぶん長いこと、そうしていた。

一目だけ、アレクシスに会えた。ほんの一瞬、再会というにはあまりに短い時間。でも無事だった。生きていた。涙が溢れそうになり、レオンはうつむいた。

(これから、どうしようか)

このまま線路を伝って南に行けば、いつかスイスに着くだろうか。あるいは南のどこかの街なら、まだ列車が動いているかもしれない。

アレクシスに会いたい。何としてでも。

「……レオン!」

座り込んでから、どれくらいが経っただろう。大勢の乗り遅れた客たちは、いつの間にかどこかへ行き、ホームには人がまばらになっていた。

「レオン・アーレンス！」

呼びかけられた時、今度こそ空耳だと思った。願望が幻聴を聞かせたのだと。

ふと顔を上げる。列車が行ってしまった線路の向こうから、アレクシスが歩いてくるところだった。

顔には擦り傷があり、上着やシャツはあちこち破れ、泥がついている。中でも膝小僧は悲惨で、ズボンは破れて血だらけだった。

「飛び降りた」

唖然とするレオンの前で、アレクシスがそう言って笑った。照れ臭そうな、屈託のない笑顔だった。

「アレク」

気づけば立ち上がり、アレクシスに駆け寄っていた。レオンが胸に飛び込むのを、アレクシスは両腕を広げてしっかりと抱き留めた。

「アレク、アレクシス。愛してる」

泣きながら、必死で伝えた。

「今度は嘘じゃない。君を愛しているのが真実だ。アレクシス、俺は今も昔も君だけを愛してるんだ」

耳元で息を呑む音がした。やがて、抱きしめる腕に力がこもる。

「俺もだ、レオン。俺も愛してる。他に誰もいない。俺が愛したのは、愛してるのはお前だけなんだ」

レオンは何度もうなずいた。もう誰にも惑わされたりしない。アレクシスはレオンを、レオンはアレクシスを愛している。

それがすべてで、真実だ。


二人は、リヨン駅近くにある宿を見つけてそこに入った。レオンが泊まっていたより、さらにオンボロだ。

でも、贅沢は言えない。レオンもアレクシスも、手持ちの金が全財産なのだ。

レオンの鞄は、目を離した隙に誰かに盗まれていた。アレクシスも慌てて飛び降りたので、荷物を列車に置いてきてしまった。

金目のものや抑制剤を身につけていたのは、幸いだった。

駅の近くにあった閉店間際の食堂に飛び込み、どうにか夕食にだけはありつけた。そこで親切な店の主人に傷の手当てをしてもらい、さらにワインも一本分けてもらって、二人で宿に入った。

狭いベッドに二人で寝転がって、ようやく話をすることができた。

「先月まで、ドイツにいた。お前を探しにきたんだ。パリに残っている会社の部下から、お前がまだパリに留まっているらしいと聞いて」

パリにアレクシスがいた理由を尋ねると、そんな答えが返ってきた。

ドイツとフランスが戦争になると知り、すぐにパリの電信会社に連絡した。その際、レオンがいるはずの『A・Ω』の様子を見てきてくれるよう、部下に頼んだという。

レオンがまだ店で働いていると聞き、居ても立ってもいられなくなった。

ドイツ首脳部は水面下で動いていたが、まだ開戦前だった。

アレクシスはヴューラー家の情報網があって、そうした水面下の状況をいち早く知ることができたのである。

その後、すぐにドイツを発ったと聞いて、レオンは涙が溢れるのを止められなかった。

「どうして……俺は、お前のことをひどくふったのに」

相手の肩口に顔を埋めると、アレクシスは優しくレオンの頭を撫でた。それから冗談めかして言う。

「お前の危機に颯爽と現れたら、俺に惚れるかもしれないだろ？」

「バカ野郎」

開戦と同時期に敵国に乗り込むなんて、どれほど危険かわからないのに。

「スイスを経由してフランス入りしたんだが、その時にはもう平常通りにはいかなくなっていて、時間がかかった」

四日前にようやく、パリに着いたのだという。しかも『A・Ω』へ行くと、レオンは解雇された後だった。

マヌカンたちから話を聞き、フィケにも会い、人に頼んで探したが、レオンは見つからなかった。

「もうパリを出たんじゃないかと思って、今朝、リヨン駅に向かった」

港も閉鎖され、交通手段は限られている。それにレオンは以前、ドイツからフランスに来た時、南部にいたと言っていた。もしかしたら、という一縷の望みを胸に、駅でレオンを見た人がいないか、尋ねて回った。

すると掃除夫の一人が、金髪碧眼で「ものすごいべっぴんさん」のオメガがジュネーヴ行きの列車に乗るのを見た、と証言したので、アレクシスは慌ててジュネーヴ行きの切符を買った。

それが最後の列車だと知ったのは、切符を買った後だった。

「結局、掃除夫が言っていたのはお前じゃなかった。行き違いにならなくてよかった」

何ともないように言ったけれど、レオンのために大変な思いをしていたのだ。

「俺も、ドイツに戻ろうと思ったんだ。お前に会って、今度こそ本当のことを言うために。

俺はエミールの愛人じゃない。俺が好きなのは、子供の頃からずっと好きだったのは……アレクシス、お前だって」

アレクシスは目を瞠り、言葉もなく唇をわななかせた。その瞳が迷いに揺れるのを見て、レオンは切なくなる。

レオンの言葉をすぐさま信じられないのは、アレクシスがドイツに戻る間際、レオンがユーイに騙されて、ひどい嘘をついたからだ。

「ごめん、アレク。一度はお前を好きだと言ったくせに、手のひらを返してお前を傷つけた。でもあれには事情があったんだ」

レオンはすべてを打ち明けた。

エミールとケヴィンのこと、エミールとの本当の関係。

それからアレクシスに別れを告げたあの日、ユーイが店に来たこと。彼に言われたことと、ホテルの客室係の青年の嘘。そして今日、青年と偶然に出会い、嘘だと打ち明けられたこと。

アレクシスはレオンを抱いたまま、静かに話を聞いていた。

「ユーイがパリに来ていたなんて、知らなかった。あいつとは母の葬儀以来、会ってなかったから」

もちろん、ユーイのお腹の子供がアレクシスだというのも、嘘だった。

「ユーイのお腹の子の父親は俺じゃない。あれは二番目の兄の子供だ」

「あの、事故に遭ったっていう?」

「そうだ。後遺症で、障害が残った」

今は車椅子で生活をしているという。

「母の葬儀の直後、ユーイは発情した身体で兄に近づいたんだ。偶然を装っていたが、たぶん故意だろう。俺はそう確信している。学園で起こした騒ぎと、同じことをしたんだ」

発情して前後不覚に陥った次兄に襲われ、噛まれて番の契約を交わした。

「兄は車椅子がなければ歩けないんだ。いくら発情中だからといって、逃げようと思えば逃げられたはずだ」

「なぜ、ユーイはそんなことをしたんだろう」

一度ならず二度までも。アレクシスが好きだと言っていた。ならば今回はなぜ、次兄だったのか。

そして、これだけ騒ぎを起こしてもまだ、ヴューラー家がユーイを保護しているらしいことが、不可解でならない。

レオンが疑問を口にすると、アレクシスは大きく息をついた。

「そうだな。お前にまだ、話していないことがたくさんある。聞いてくれるか」

「ああ。教えてほしい。何もかも」

レオンはアレクシスの腕にしがみついた。アレクシスはレオンのこめかみに口づけ、しばらく考えを整理するように天井を睨んでいたが、やがて話し始めた。

最初は、レオンの父が金を無心に来た頃のことから。

「十三年生の冬、実家に帰ると両親の態度がおかしかったんだ。でも最初は何も言われなかった。二日ほど経って、急に二人に呼び出されたんだ。母がすごい剣幕だったんで、驚いた」

その時初めて、レオンの父が借金を頼みに来たことを知らされた。

しかし、アーレンス家の内情と、父親の性格をレオンから聞かされていたため、そういうこともあるだろうと思った。

それより驚いたのは、両親がレオンに対してひどい誤解をしていたことだ。

レオンの父が、息子がさもアレクシスと交際しているかのように話したらしいのだが、それにしても両親のレオンに対する印象が悪かった。

「うちの両親も正直、あまりアーレンス家にいい印象は持っていなかったが、レオンのことは買っていたんだ。成績優秀だし、後輩の面倒もよく見ている。俺にとっても刺激になっていたから」

さらりと戯れるようにレオンの髪を撫でるので、レオンもアレクシスの胸に顔を埋めて額をこすりつけた。

「なのに、まるでレオンが俺を誘惑しているみたいに言ったんだ。父はまだ冷静だったが、母はいつにも増して感情的だった。まるで誰かから吹き込まれたみたいに、お前を悪く言うんだ。……ごめんな」

急に謝るから、気にしていないと言った。昔のことだ。それにアレクシスの母も、今はこの世にいなくなってしまった。

「母は、ユーイと俺を番わせるつもりだった。以前からそうだったが、母はユーイを本当の家族だと思っていると言った」

しかしとにかく、レオンとアレクシスが恋人同士だという誤解を解かなくては、大学に進学してレオンが下宿をする、という話はとても口にできそうになかった。

レオンとはただの友人だと両親に伝え、母を何とかなだめた。

「本当はお前のことが好きだったし、いつか結婚したいと思っていた。でもそんなことを言ったら、両親はやっぱり誘惑されていると考える」

「アレクの気持ちはわかってるよ」

アレクシスの気持ちはもう、疑っていない。それに何となく、話の方向がわかってきた。

「もしかして、ユーイがご両親に……もしくはお母さんに吹き込んだのか？」

学園でこんなことがあった、とアレクシスの母に吹聴したのではないか。

「たぶんな。証拠はないが、両親の怒りは唐突だったから」

しかし休暇中は、違和感を覚えながらもユーイを疑ってはいなかった。

途中でユーイが熱を出し、学校に馴染めない、戻りたくないと駄々をこねて、母はそれを、アレクシスがちゃんと面倒を見ないせいだと言い出した。

レオンにうつつを抜かしているからだと。父も母も、どこかでレオンのユーイに対するいじめを疑っているようだった。

両親は、問題ばかりのアーレンス家の息子と必要以上に仲良くしないように言い、ユーイの面倒をきちんと見るよう、強くアレクシスに言いつけた。

当時、ユーイの後見人とヴューラー卿の上司である宰相とが懇意だということもあって、ユーイは両親にとって、ヴューラー家の大切なオメガだった。

三男のアレクシスなど、世話係みたいな扱いだ。

「新学期が始まると、またユーイは俺にべったりになった。注意をしたら、またお前との仲を誤解されてもいいのかと言い返された」

ユーイは、アレクシスが卒業後、レオンをヴューラー家に下宿させようとしていることを知っていた。どこかで二人の会話を聞いていたのかもしれない。

学園には、ヴューラー家と繋がりのある家の息子がたくさんいる。自分を放ってレオンと仲良くしていたら、また両親の耳に入るかもしれないと、ユーイは言うのだ。

ユーイはあくまで、アレクシスを心配しているといった態度だったが、アレクシスはそれで、ユーイに対して不信感を抱いた。

もしかしたら、ユーイはわざと自分とレオンの仲を裂こうとしているのではないか。

「けどその後すぐ、ユーイはお前に事情を打ち明けた。だからその時は、気のせいだと思ったんだ」

ユーイが悪意を持っているなど、考えたくなかった。ユーイの言うことももっともかもしれない。そう考え、一緒にいると決めた。

しかしそれで、レオンをはじめエミールや同級生とは疎遠になっていった。

「その頃、ユーイからお前とエミールの話をよく聞かされるようになった」

ユーイはオメガの寮にいて、アレクシスよりもレオンと接する機会が多い。そこでレオンから、あんな話を聞いた、レオンがこんなことをしていたと聞いた。

話を聞くうちに、レオンとエミールは互いに、友情以上の想いを抱いているのかもしれない、という疑念に駆られるようになった。

「エミールがお前を好きなのは、以前から知っていたからな。お前が俺よりもエミールと仲良くしていると聞いて、モヤモヤした。それにユーイの話では、お前もだんだんとエミールにほだされてるみたいだったから」

「それは嘘だ。そんな事実はない」

エミールの気持ちを知ったのだって、ダンスパーティーのパートナーに申し込まれた時だった。それも、アレクシスがユーイを選んだからだ。

「パートナーは俺が選んだんじゃない。ユーイが勝手に吹聴したんだ」

パートナーに選んでほしいと言われ、一度は断った。両親の目をくらませるためとはいえ、さすがにそれはできない。

それにこのまま、ユーイに恋人のようにべったりされていたら、両親に結婚をお膳立てされてしまいそうだ。

アレクシスは、レオンに申し込むつもりだった。しかしある日、学校に登校すると、もうアレクシスがユーイをパートナーに選んだという話が広まっていた。

ユーイを問い詰めると、あっさり自分が流したと白状した。どうしても、アレクシスとパーティーに出たかったのだと泣かれたが、同情できるはずもなかった。

「好きだと告白された。でも俺はレオンが好きなんだ。昔から、出会った時からずっと」

「うん。俺もだ。パーティーで出会って、ビスケットをもらった時から」

レオンが言って、二人はベッドの上で手を絡めた。身体が熱くなる。

「俺はもう、ユーイが信用できなくなっていた。お前にだけは真実を話したかった。でもそのすぐ後に、お前がエミールのパートナーになったと聞かされたんだ」

こうなると思っていたと、ユーイは言った。

「お前とエミールは、ずいぶん前から両想いだったから、ってさ。俺が告白しても、レオンは応えてくれなかっただろうと」

アレクシスは、ユーイの話を半分疑い、半分信じた。

「実際、エミールといる時のお前は楽しそうだったし、俺といる時より気楽に見えた。それに、俺はエミールに劣等感を抱いていたんだ」

アレクシスのエミールへの感情は、レオンも何となく気づいていた。

「二人は同じアルファでも、まったく正反対の人間だものな」

「でもだからって、嫌ってたわけじゃないんだぜ。いつも穏やかで自制できる彼を、尊敬してた」

学生時代の口調に戻って言うから、レオンは「知ってる」と、笑った。

大人になった今なら、かつての劣等感も正直に口にできる。でもあの頃はみんな十代で、そしてまだ狭い学園の中しか世界を知らなかった。

レオンはエミールを好きなのかもしれない。自分と同じ想いを抱いてくれていると思っていたが、それも幻想だったのかも。

アレクシスは、当時レオンが考えていたことと、そっくり同じことを思っていた。

でもレオンより立派だ。彼は逃げずに、レオンと話をしようと決心した。

ユーイに見つかったらまた、掻き回されるかもしれない。それでこっそりレオンに声をかけたのに、どこからか知られてしまった。

試験最終日のあの日、下級生たちは十三年生より早く試験が終わった。ユーイは一人で学校を出て、そしてアルファとベータのいる寮に忍び込んだ。

後に、アレクシスと話がしたかったからだと彼は動機を語った。自分の発情に気づいていなかったと言うが、アレクシスは故意だったと確信している。

レオンとアレクシスを二人きりにしないためだ。

寮内で発情し、アルファの生徒がユーイの発情に当てられた。

「俺はその時、試験を終えてお前との待ち合わせの場所に向かう途中だった」

下級生から問題が起こったことを知らされ、慌てて寮に戻った。誰かにレオンへの伝言を頼む余裕もなかった。

「寮で、ユーイを襲っている生徒を引きはがしている最中に、俺も発情に当てられた」

しかし幸い、理性を失う前に舎監とベータの生徒たちが離してくれたので、どうにか事なきを得た。アレクシスは念のためにと、ユーイと共に病院に運ばれた。

ただ、ユーイは複数の生徒に襲われかけ、首筋のきわどい部分を噛まれていた。

「番の契約を結んだかどうか、誰と結んだのか、経過観察が必要だった」

結局、誰とも番になってはおらず、ユーイの首筋の噛み痕はやがて消えた。

「俺と番になったって話は、たぶんそのほうが都合が良かったからだろう」

誰ともわからない生徒に噛まれたというより、アレクシスに噛まれたという方が醜聞《しゅうぶん》にならない。ヴューラー家か教師、あるいはその両方が判断して、真実を伏せたのだ。

病院を出た時にはすべてが終わっていて、そしてレオンは学園を去った後だった。

レオンの消息を確かめようとしたが、叶わなかった。アレクシスから聞いていた通り、レオンの母が嘘をつき、兼ねてよりエミールとレオンの関係に疑念を抱いていたアレクシスは、すっかり二人の仲を信じてしまった。

その後、ユーイのヴューラー家での扱いについては、父と母とで意見が対立した。

故意かどうかはともかく、ユーイは学園で騒ぎを起こした。結果、息子のアレクシスは卒業はできたものの、中途半端に学園を去らねばならなくなったのだ。

しかし母は、ユーイの味方だった。どうせ最初からそのつもりだったのだからと、アレクシスとユーイを結婚させようとした。

父が味方についてくれたので、アレクシスは結婚せずにすんだ。

そして、一連の騒ぎは、次兄の事故でうやむやになった。

あとは、レオンと再会した時に語った通りだ。アレクシスは一時、軍籍に身を置き、その後は叔父を頼り、フランスの電信会社の買収が浮上した時、自ら責任者を買って出た。

「お前のことが忘れられなかった。もう一度会いたかったんだ。たとえもう、エミールのものだったとしても。フランスに行けば、お前に会えるかもしれないと思った」

ユーイと母からも、距離を置きたかった。

母は、可愛がっていた次兄が事故に遭ってから、次第にふさぎ込むようになった。次兄には婚約者がいたが、その後破談になってしまった。

そんなこともあって意気消沈する母を、ユーイが慰めていたようだ。そして母は、更にユーイに依存するようになった。

どうにかしてユーイを伴侶にさせようとする、母も疎ましかったし、ユーイの自分やヴューラー家に対する執着も恐ろしかった。

「俺はお前が忘れられないし、それでなくてももう、どうやってもユーイを信頼できなくなっていた。何度もそう言ったのに、ユーイは自分の思い通りに俺を動かそうとする。俺だけじゃない、たぶん彼は、近しい人間を思う通りにコントロールしたいんだ」

とにかくアレクシスはフランスへ向かい、パリに辿り着き、ある日、レオンと再会した。

「お前がエミールの妻ではなく愛人だと聞いて、カッとなった。乱暴にして悪かった」

申し訳なさそうに謝るから、レオンはかぶりを振った。

「いいんだ。誤解してほしくて黙ってたんだから。お前に抱いてほしくて」

つぶやくと、不意にあごを取られてキスをされた。しばらく、会話をやめて唇を合わせていた。

「お前とエミールのことで言い合いをした後、母が亡くなって葬儀のためドイツに戻った」

ユーイは後ろ盾だった母を失い、微妙な立場に置かれていた。

ユーイが退学後もドイツに留まったのは、母がぜひうちの三男の嫁にと、夫の上司で自分の遠縁にあたる宰相閣下に伝えたからだった。

その宰相も政界を引退し、母が亡くなる前に他界している。

「ユーイは自分の立場をわかっていて、焦っていたんだと思う。俺と結婚しなければ、彼は居候だからな。母が可愛がっていたから、父も蔑ろにはしなかったが」

再会したアレクシスに、ずっと好きで忘れられなかったと告白してきた。

アレクシスは今度も、ユーイの気持ちには答えられないと断った。

次兄との発情騒ぎが起こったのは、アレクシスがフランスに戻る直前のことだった。

「ユーイは、兄を俺の身代わりにしたんだ」

発情中に次兄に近づき、アルファの彼を発情させた。ユーイは兄にうなじを噛まれて、二人は番になった。

使用人が事後の二人を発見したから、これは間違いない。

喪の最中に学生時代と同じ騒ぎを起こし、今度は次兄を巻き込んだのだ。

父は薄々、ユーイの狡猾《こうかつ》さに気づいていたに違いない。昔のようにユーイを可愛がることはなく、父のユーイに対する態度には嫌悪しかなかったが、それでもユーイは、ヴューラー家にとって必要な存在だった。

長兄夫婦が子供に恵まれず、三男のアレクシスは家から距離を置いている。障害を負った次男は、この先縁談に恵まれないだろう。

そんな中で、ユーイは次兄と交わり番になって、さらには子供を身ごもったのだ。

父は母の喪が明けたら、次兄とユーイを結婚させると言った。

「さっきも言ったが、彼は逃げようと思えば逃げられた。それでも既成事実を作ったんだ。俺を好きだと言ったのは嘘じゃないんだろう。でもそれだけではなく、打算もあった」

異国の地で、何者でもないオメガが自分の立場を築くために、ユーイは強かに動いた。

そして自分の地位が盤石になった後も、アレクシスを手に入れることに執着し、お腹の子供を利用してレオンとの仲を引き裂こうとした。

レオンもアレクシスも、そんな彼に最後まで翻弄された。

「ユーイのせいばかりじゃないよ。俺はアレクが好きだったのに、ずっと逃げていた。はっきりさせるのが怖かったんだ」

もっと早く互いの気持ちを正直に話していれば、ここまでこじれることはなかった。

「向き合えなかったのは、お互い様だ。でも俺たちはこうして再会できた。俺の腕の中に今、お前がいる。それでじゅうぶんじゃないか」

アレクシスは言って、レオンを強く抱きしめる。レオンも彼を抱き返した。

「……ああ。そうだな。俺も、そう思う」

これからどうすればいいのか、わからない。資金はじゅうぶんとはいえず、戦火はパリに迫っている。

それでも、レオンは幸せだった。今までで一番、生きている実感がある。

ふと、エミールの言葉を思い出した。

運命の番。出会った瞬間から惹かれ合い、たとえすべてをなげうっても互いを手に入れたいと思う。

言い伝えには、こうつけ加えるべきだ。

運命の番は、どんな障害をも乗り越えて、きっと結ばれるのだと。

「笑ってるのか？」

「……うん。エミールの言葉を思い出して」

言うと、アレクシスはむっつりとした顔になった。

「他の男の名前は聞きたくない」

レオンはクスクス笑う。首を伸ばし、アレクシスの唇の端にキスをした。

「聞いてくれよ。エミールが言っていたんだ。運命の番って、聞いたことあるか？」

知らない、とアレクシスはつぶやく。まだむくれていた。

レオンは笑いながら、運命の番について話して聞かせた。

「やっとわかった気がする」

話を終える頃、ベッドで抱き合いながらアレクシスがつぶやいた。

「何が？」

アレクシスの手は、先ほどからレオンの手を握っていた。聞き返すと、その手に力がこもる。まぶたにキスを落とされて、くすぐったくて首をすくめた。

「俺たちのことがさ。何度も引き裂かれて、レオンと離れ離れになって、そのたびにもうだめだと絶望した。それでもお前のことが忘れられなくて、苦しかった」

「……うん。俺もだ」

レオンもうなずく。辛くて悲しかった。

「でも、何度離れても、俺たちはまた再会する。出会って惹かれ合う。どんなに離れようとも、俺はお前を、お前は俺だけを愛し続ける。俺たちは番になる運命だったんだ」

そうだろう？　と、黒い瞳が覗き込む。レオンは涙を浮かべて笑った。

「うん。そうだ。俺たちは運命の番なんだ」

誰にも引き裂けない。もう離れない。

喜びと感動がないまぜになって、レオンは夢中でアレクシスにキスをした。アレクシスの身体に乗り、頬を両手で挟んで何度も口づける。

アレクシスもレオンの腰を抱き、それに応えた。

「甘い匂いがする」

キスの合間に、アレクシスが言った。少し声が上ずっている。身じろぎするたびに、硬くなった互いのペニスが布越しに擦れ合う。

「そろそろ、発情期なのか？」

「……いつもより早い」

予定では、発情期はもっと先のはずだった。なのに宿に着いて二人でベッドに寝そべった時から、じわじわと身体の熱が増し始め、今ははっきりとわかるくらい、身体が火照っていた。

「でも……いつもの発情よりもっと、何か……」

疼きが強い気がする。意識すると、さらに身体の奥の方がずくずくと甘く震えた。

「ああ……いつもより匂いが濃いみたいだ。たまらない。俺も、発情しかけてる」

「……あっ」

ぐっと腰を突き上げられて、思わず声が出た。その耳に、掠れた声が囁く。

「抱きたい。いいか」

たまらなかった。レオンは答えるより先に、かぶりつくように口づけした。

無言のまま、二人で服を脱ぎ捨てる。

アレクシスがどこか厳かな手つきで貞操用の首輪を外そうとした時、レオンはされるがまま、黙ってアレクシスを見つめていた。

やがて一糸まとわぬ姿になると、互いに愛撫し合う。

「レオン。ああ……」

「アレク……っ」

じゃれ合うようにキスを繰り返し、性器を擦り合わせる。どちらもすぐに達してしまったが、熱い飛沫が混じり合うことさえ興奮した。

後ろから抱きしめられ、ぴったり身体を重ね合わせた。アレクシスは、手を伸ばしてレオンの胸の突起や性器をこねる。首筋に唇を這わせ、レオンの匂いを嗅いでいた。

「どんどん甘い匂いが濃くなる」

彼の言う通り、発情期のようなじくじくとした熱が、身体の底から湧き上がっていた。

「アレク……なあ、入れろよ」

身体中を愛撫して周る恋人に、我慢しきれなくなってレオンは言った。尻を後ろに突き出し、相手の勃起したペニスに擦りつける。

「自分から誘って。悪い奴だな」

「だって……。こういうの、嫌か？」

はしたないだろうか。心配になって窺うと、アレクシスは破顔してレオンのあちこちにキスをして回った。

「可愛いよ。たまらない」

アレクシスはレオンの尻のあわいを開くと、そこへ滾ったペニスを押し当てた。

「あ……っ」

ずぶずぶと、熱い塊が押し入ってくる。久しぶりに男を受け入れてきついのに、身体は喜んでいた。

「あ、あ、すごい……」

「レオン……ああ……」

甘い香りが、レオンの鼻先をかすめる。何の匂いだろうと思い、アレクシスから漂っていることに気がついた。彼も、レオンの匂いに当てられて発情している。

アレクシスが強く腰を打ち突けた。レオンの腰を抱き締め、ガツガツと欲望のまま打ちつける。甘い匂いはいっそう、強くなっていった。

「あ、あっ……アレクっ」

身体の奥が疼く。

「首……噛んで……っ」

彼に征服されたい。何もかも、彼の前になげうちたい。衝動に駆られ、レオンは叫んだ。

「レオン……っ」

耳元で、切羽詰まった声が聞こえ、うなじに鋭い痛みが走る。

噛まれたのだ。気づいた途端、甘美な快感と幸福感がレオンの全身を駆け抜け、レオンは射精していた。

精を吐きながら、身体が変わっていくのを感じる。

それは、生まれて初めての感覚だった。

レオンはアレクシスのものになり、アレクシスはレオンのものになる。

番になるとは、こういう感覚なのか。興奮の最中、レオンは感動していた。

「……ぅっ」

後ろを食い締め、その刺激にアレクシスが呻いた。何度か強く穿った後、アレクシスもレオンの中で射精する。

しばらく、二人は重なり合ったまま荒い息をついた。それでもまだ、身体の昂ぶりは治まらない。

「レオン……まだだ」

アレクシスは身を起こし、レオンを仰向けにすると、その上に覆いかぶさる。

幸福と快感に、心が震える。二人はそれから、幾度も快楽に身を委ねた。やがて疲れ切って眠りに落ちるまで、それまでの空白を埋めるように愛し合った。

　ケヴィン・シェーンハイトは、手にしていた原稿をテーブルに戻し、ため息をついた。

「うーん、何ともドラマチックだ。けど、ドラマチックすぎていささか嘘臭い」

　相変わらず率直な物言いに、レオンは唇を尖らせた。

「出版社の人もそう言ってた。もっと脚色しろってさ。真実を脚色して現実っぽくしろって、どういうことだよ」

　ケヴィンが口を開けて笑う。それと重なるように、遠くで子供たちのはしゃぎ声が聞こえてきた。

　よく晴れた初夏の昼下がり、二人は庭に面したテラスでお茶を飲んでいる。

　手入れされた芝の向こうにはこんもりと木々が植えられていて、子供たちの声はそこから聞こえていた。時おり、男たちの声も聞こえる。声音からして、どうも手を焼いているようだった。

「ご機嫌だな。父親二人で、あのちびどもを制御できるのかな」

　かれこれ二時間近く庭で遊んでいる。子供たちは楽しそうだが、父親たちは大丈夫だろうか。レオンが腕の時計を確認して心配すると、ケヴィンは軽く肩をすくめた。

「二人いるから平気さ。エミールの奴、普段は仕事ばかりだからな。子育ての苦労を知ればいいんだ」

ケヴィンとエミールには、アメリカで生まれた男の子が二人いる。どちらもやんちゃだ。

「これをいつ、出版するって？」

「秋には」

「新進気鋭の児童文学作家、レオン・アーレンスの自伝小説か。売れるんじゃないか？もう少し脚色すれば」

「嫌味かよ」

新進気鋭というほど、注目はされていない。自分の息子のために書いた話を、たまたま本にしてもらっただけだ。

「本当に、大変だったんだな」

ケヴィンが原稿を見つめながら、小さくつぶやいた。

戦争中もアメリカにいる彼らと手紙のやり取りはしていたけれど、自伝ほど詳細には語っていなかった。この原稿を読んで、改めてレオンとアレクシスの辿った道を知ったのだ。

「でも幸運だった。誰も死なずに、元気でここにいるんだから」

日の当たる庭で、子供たちのはしゃぎ声を聞きながら、レオンは目を細めた。

戦争が終わって三年が経った。まだ、三年だ。戦争の爪痕は世界各地に残っている。

今回、ケヴィンとエミールがアメリカから欧州に渡るのだって、大変だったそうだ。でも会いに来てくれた。

レオンとアレクシスは今、スイスのバーゼルで暮らしている。

アレクシスはここで事業を起こし、レオンは子育てのかたわらに物語を書いて、何冊かの本を出版した。

ここに至るまでは、いろいろなことがあった。

戦争が起こったあの年、リヨン駅で再会した二人は番になった。それから列車を乗り継ぎ、途中で親切な人たちに助けられ、どうにかスイスに渡った。

小さな貸家を見つけて移り住み、アレクシスが仕事を見つけてくる頃には、レオンの妊娠がはっきりしていた。番になったあの日に身ごもったのだ。

それからアレクシスが電信会社時代の報酬を受け取ると、今度はバーゼルに移って事業をはじめた。最初は事業も上手くいかず、収入も不安定だった。軌道に乗り始めたのはつい最近のことだ。

少しばかり苦労をしたけれど、それでも無事に子供が生まれ、息子と三人で暮らしている。幸せだった。

ドイツには一度も帰っていない。アレクシスも、今後は身内の葬儀でもない限りは、戻ることはないだろう。

ドイツは戦争に敗北した。ドイツ革命によって帝国は崩壊し、アレクシスの父は政治から退き、今は長兄が家督を継いでいる。

ユーイは女の子を産んだと聞いている。ヴューラー家で彼がどうしているのか、レオンもアレクシスも詳しくは知らない。

彼について思うところはいろいろある。ずいぶん引っ掻き回された気がするし、もし彼に会う機会があれば、恨み言の一つも言いたいところだ。

でも今、幸せな生活の中にあって、そんな恨み言も忘れがちだった。

自伝が出版されたら、アレクシスの叔父にだけは本を寄贈する予定だ。電信会社時代から、アレクシスが何かと世話になった。叔父の事業も戦争で被害をこうむったのに、報酬をきっちり払ってくれた。

その叔父から、もしかするとヴューラー家にいるユーイに、レオンたちの近況が伝わることもあるかもしれない。

幾度も引き裂かれたレオンとアレクシスは、今は息子と三人で仲睦まじく暮らしている。レオンたちがどれほど幸せかを知らせることが、彼へのささやかな復讐となるだろう。

アレクシスやエミールたちと過ごしたあの学園から、ずいぶん遠くへきた。

かつての悲しみも苦しみも、今は日々の暮らしを淡く彩る思い出になっている。きっとこれからも大変なことはあるのだろう。でも今はもう、レオンは一人ではない。愛する夫と息子、それに友人たちもいる。

レオンは、首につけた装飾用のチョーカーに手をやった。

いつも身につけているそれは、かつてアレクシスと再会した頃に、彼が『A・Ω』で買っていったものだ。

中央についたサファイアはレオンの瞳の色を思わせ、アレクシスはこのチョーカーを、いつかレオンにプレゼントするつもりだったらしい。

レオンにふられた後も手放せず、パリへレオンを探しに行く際、チョーカーを持ってドイツを出た。再会したら、今度こそレオンに贈るつもりで。

フランスからスイスに逃げる際、荷物はほとんどなくしてしまったが、これだけはアレクシスが上着の裏地の中に縫い込んでいたので無事だった。

おんぼろの安宿で結ばれたあの後、アレクシスからチョーカーを渡されながらそんな話を聞かされて、幸せで涙が止まらなかった。

その幸せが、今も続いている。

「母さん、喉が渇いた！」

遊び疲れた子供たちが、騒ぎながらやって来る。その後ろに、げっそりしたアレクシスとエミールの姿があった。

アレクシスはレオンを見て、ほんの少し眩しそうに目を細める。幸せそうに微笑むのを見て、レオンも同じように微笑みを返した。

■あとがき■

こんにちは、初めまして。小中大豆と申します。ショコラ文庫さんでは、今回が初めての本となります。

シリアスなオメガバースで、舞台は二十世紀初頭のパリとなります。

第一次大戦前の華やかなパリの雰囲気と、それから二人のクライマックスシーンが書きたくてお話や設定を組み立てていったので、現実とは異なる点があるかと思います。

自分の不勉強による間違いも、もしかするとあるやもしれず、当時のヨーロッパに詳しい読者様がいらっしゃって、「おや？」と思ったら申し訳ありません。

もうちょっと、上手に嘘をついたり、舞台設定を考えられたら、と反省しております。

そんな感じでヒィヒィと四苦八苦しながら書いたのですが、出来上がったyoco先生のイラストを見て、それまで苦しかったこともすっかり頭から消え去りました。

yoco先生にはお忙しい中、本当にご迷惑をおかけしました。にもかかわらず、こんなに素敵な世界を描いていただき、感謝しております。

そして担当様、初めてのお仕事で多大なご苦労をおかけしました。今もかけているのですが……。おかげさまでこうして、あとがきまでたどり着くことができました。ありがとうございます。

そして最後に、ここまで読んでくださった読者様に、感謝を申し上げます。

アレクもレオンも、好きな相手に限ってものすごく臆病で、何度もついては離れ、離れてはつきを繰り返していきます。

じれったい二人を最後まで見守っていただき、ありがとうございました。あとがきから読まれた方も、最後はハッピーエンドなので、どうか安心してお読みください。

それではまた、どこかでお会いできますように。

小中大豆

初出
「さよなら、運命の人」書き下ろし

CHOCOLAT
BUNKO

この本を読んでのご意見、ご感想をお寄せ下さい。
作者への手紙もお待ちしております。

あて先
〒171-0014東京都豊島区池袋2-41-6
第一シャンボールビル 7階
(株)心交社　ショコラ編集部

さよなら、運命の人《アルファ》

2021年10月20日　第1刷

著　者:小中大豆
発行者:林 高弘
発行所:株式会社　心交社
〒171-0014　東京都豊島区池袋2-41-6
第一シャンボールビル 7階
(編集)03-3980-6337 (営業)03-3959-6169
http://www.chocolat_novels.com/
印刷所:図書印刷 株式会社